少年蕭蕭

蕭　蕭◎著　洪義男◎圖

【卷頭語】

回頭看少年的「我」

長期擔任台北市圖書館好書推薦評審的朋友群，總是感嘆著台灣極度缺乏專門為少年朋友而寫的書，少年小說、少年散文、少年詩何在？他們只能在童書與成人作品的夾縫中，找尋閱讀的樂趣，在翻譯的《哈利波特》與《暮光之城》，找尋東方的晨曦，他們會不會因而轉向，陷入圖象、光影的炫惑中，遠離文字獨具的深度與魅力？這種文字的魅力，偏偏又是人類所獨

具的、文明的神奇。

家長一定會為少年到處打聽「轉大人」、「轉骨」的中藥材，但精神教養、心靈層面的「轉大人」、「轉骨」的藥方又在哪裡？家長、老師、社會、圖書館會為少年這方面的需求而上下求索嗎？親愛的作家朋友能反身思考自己少年時的渴望，為自己的孩子、孫子，為台灣的未來做一些點評嗎？

我這樣焦急問詢，其實我知道，不如不揣淺陋，自己先踏出自己的腳尖，《少年蕭蕭》就是一部基於這樣的想望而寫作的散文集，在這本散文集裡，我回頭看少年的我，也回頭看少年的「他」。

六十三歲的我在這本書中，重新回到八卦山腳下的三合院，重新回到我的少年時代，彷彿又聽到祖母的吆喝「阿順啊，你置佗位」，一聲又一聲

「憨孫耶，好去睏啊！」的呼喚，彷彿一下子隨著爸爸爬上了龍眼樹，一下子隨著爸爸去扶直那些傾倒的稻穗，冷雨、酸風，不時襲擊我的手、我的臉，死鹹的醬筍、乾扁的蘿蔔乾，彷彿又回到我的舌尖。當然，我也看到那棵神奇的樣子欉，躺回寬闊的田野，望著無邊無際的星空，無際無涯的雲天，隨時在奔馳。

我回頭，看見少年的我，顛躓的腳步，堅定的眼神；我回頭，看見少年的自己，典型的A型血液，怯懦、多愁而善感，雄性身體裡卻藏著一般人少有的秀氣；我看見典型的獅子星座，有著隨時奮力一搏的準備，有著「我來照顧你」的霸氣；當然，我也發現自己真是典型的豬，惡劣的生存環境下，珍惜著來自四面八方的，圓滾滾的福氣。

這樣回頭看見的少年的我，都在「卷一：武秀才的三合院」裡。那位武秀才，是我曾祖父，我覺得他跟我阿嬤一樣，一直在歷史深處注視著我、提點著我。

回頭，其實我也看見少年的「他」，那個他是世紀之交成長中的孩子，或許就是正在搜尋少年書籍的你，我將我看見的少年的他，放在「卷二：跟朋友一起發光發亮」裡，我設身處地為他著想，他可能出現為顯性的他，一個二十一世紀的、數位化時代的孩子，也可能呈現為隱性的我，雜糅著舊世紀的教養、新世紀的刺激。他，將如何站起？

「卷二」的作品中還有八卦山的樹蔭，三合院的聲音，但也逐漸從彰化的人、少年的我的身影，走向新世紀，嘗試新試劑，這會是全新的少年——

二十一世紀的你，會有不一樣的思維，不一樣的圖記，但我相信，相同的，站起來的那股無形的力量，仍然會是莊子的「凝神」，一種完全放鬆後的專注，或者說一種專注時的絕對自在，這樣的兩句話，或許不屬於少年的他（二十一世紀的你）所能理會，但誰知道呢？慢慢從武秀才的三合院走過，慢慢從壁虎與蜥蜴之間辨識，慢慢從玫瑰與日日春之中選擇自我，那個全新的少年——此一世紀的你，說不定就霍然，對，豁然開朗了！

少年蕭蕭，可以是半世紀之前的我、你的父執輩、或父祖輩的朋友。

少年蕭蕭，也可能是新世紀的你、你的死黨、手帕交以及網友。

蕭蕭，《少年蕭蕭》的文字或文字背後的魅力，或許，只是一陣風也似的低語。蕭蕭，《少年蕭蕭》所期冀的，或許也只是少年的你，心中一陣風也似的戰慄。

所以，書末，我們留下完全空白的、未來式的、不可預期的「卷三：少年的我」，讓一個正屬少年的心靈，可以用自己的色彩、線條、圖繪、文采，期許自己的未來，展現自己的風采，印證少年佛陀出生時，一手指天一手指地所說的哲言：「天上地下，唯我獨尊」，那種唯「我」獨尊是一種自信、期許、毅力與決志的綜合表現，是少年的「我」所要刷新的絕對亮麗、完全的燦爛！

寫於2010年秋天

目錄

卷一：武秀才的三合院

卷二：跟朋友一起發光發亮

卷三：少年的我（自我書寫・書寫自我）

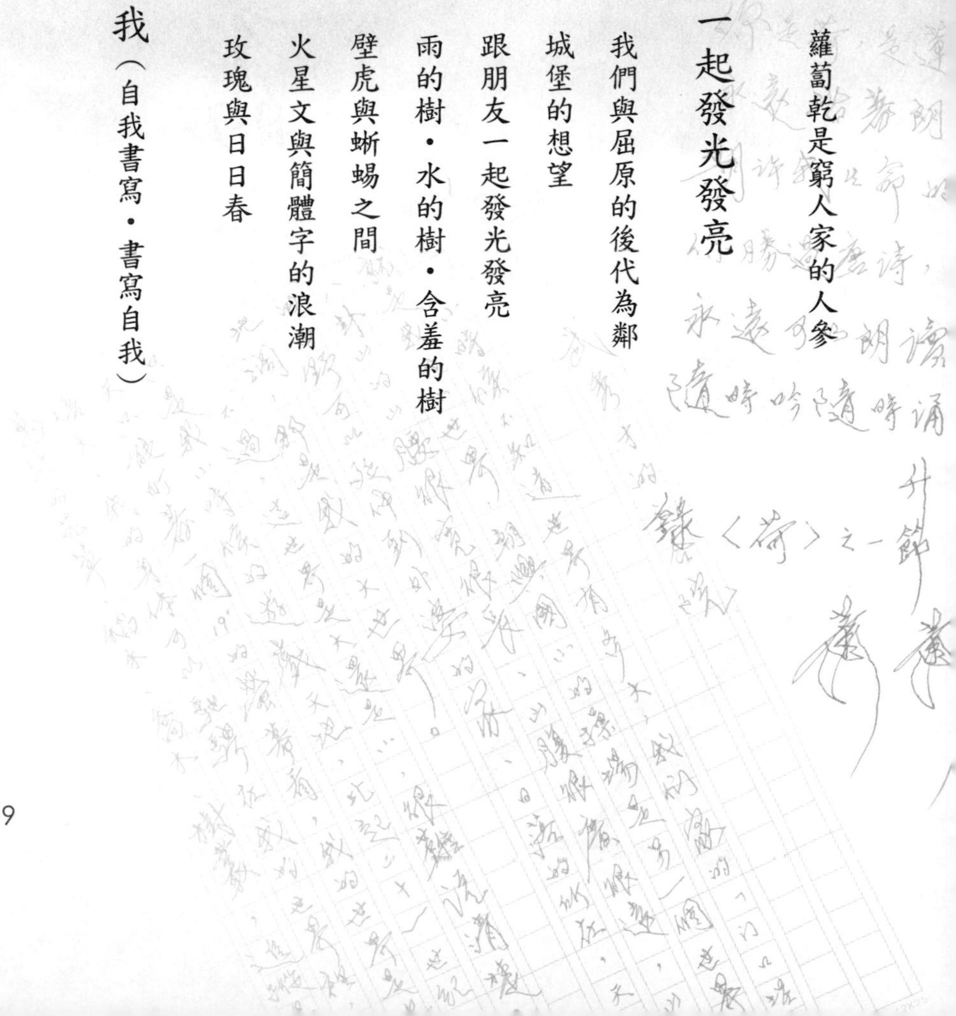

卷一

武秀才的三合院

書山派下一男子

最近重讀王鼎鈞先生的回憶錄《昨天的雲》，寫他的家鄉蘭陵種種，我心中微微一笑，「蘭陵」，可是我們蕭家的郡望哩！

從小父親就要我們背誦九個字：「福建省漳州府南靖縣」，說我們祖先就是從這裡移居台灣，不可忘記，雖然我背得流利，卻也不清楚漳州南靖那是一個什麼樣的地方，窮山惡水？還是山明水秀的所在？每年清明節，在朝興村公墓間穿梭，找尋曾祖父、高祖父的墳墓，墓碑上總有「書山」二字，「書山」又是哪裡？爸爸說：我們是書山派下的蕭氏子孫，就在南靖縣。

後來請回祖譜，譜系非常清楚。南靖縣書洋鎮書山派蕭氏，奉春秋時期宋國（今河南商丘一帶）叔大心為得姓始祖，當時的宋國是周武王滅紂後封給殷商後裔微子啟，用來奉祀商湯，繼續香火的。叔大心因戰功，封於蕭邑（今江蘇徐州、沛縣、安徽蕭縣一帶），其後以邑為氏，就有了「蕭」這個姓。以屬地而言，我們先是河南人，又是江蘇人哩！

有趣的是，戰國時蕭邑屬楚國，我們先祖說不定也曾遇到屈原。到了西漢，沛縣人蕭何是建立漢朝江山三傑之一，位居丞相，封贊侯，有時候我說我們是蕭何的後代，朋友看我官運從未亨通，都不置可否。到了南朝，齊高帝蕭道成開齊國，梁武帝蕭衍建立梁朝，我因而自稱「齊梁之子」，帝王的後裔，還把自己之所以編輯四、五十本書，說是受到先祖昭明太子蕭統的感召與影響，朋友看我土裡土氣，典型的台客，很不願意承認。梁武帝蕭衍就是南蘭陵江蘇武進人，他的後裔就以「蘭陵」為郡望，這都是書山蕭氏族譜詳實記載的史實哪！

唐朝末年，蕭衍的八世孫蕭曦隨著王審知進入福建，成為入閩始祖。宋孝宗乾道二年（西元一一六六年），蕭曦裔孫蕭時中在明成祖永樂九年，十七歲，考中辛卯科狀元（西元一四一一年），奉旨從江西泰和遷來福建漳州督導學政，從此我們落籍漳州，又成了閩南人。蕭時中傳下三子，長子蕭積玉移居南靖。蕭積玉傳四子，長子蕭崇星生蕭恭、蕭奮兩兄弟。蕭奮起先住在南坑高港村，後來移居書洋外坑，這已經是明朝英宗天順八年（西元一四六四年）的事，他就是我們「書山派」肇基始祖，如果以叔大心為蕭氏一世祖，蕭奮是第六十九代，我則是蕭奮的第二十代孫子。

明朝穆宗隆慶六年（西元一五七二年），蕭氏後裔子孫在南靖興建近三千平方米祠堂奉祀蕭奮，堂上懸掛的就是「書山荒作」四個大字；彰化縣社頭、田中交界的頂潭里，蕭奮第十六代孫子們也興建一模一樣的祠堂「書山祠」，日據時代一九三〇年加以重修，這是我們的祖廟，供奉一世祖蕭奮以下的列祖列宗（蕭奮之祖父蕭積玉另有書山派、斗山派、湧山派子孫合建的「芳遠堂」奉祀），門堂上的匾額表明子孫「遠紹書山」的大志。

小時候看到「書山」二字，總覺得我們祖先一定是書詩傳家，住在山明水秀的地方，我一輩子要在書山書海中度過，才對得起先人。我不知道南靖書洋山算不算是山明水秀的地方，但是彰化八卦山、濁水溪、八堡圳，呈現出高聳的台地，寬闊的平原，真的是適合世世代代生活的所在，「山」村已具，因而，「書」應該是我一輩子唯一的選擇，將讀書、寫書、編書，作為一輩子的志業，這才是書山派下一男子吧！
那堆積如山的書山，終究是永恆的家鄉。

武秀才的三合院

小時候不知道世界有多大，我們家的「門口埕」就是我的小世界，朝興國小的操場是另一個世界；八卦山的山腰很寬很長、山腹很廣很遠，山腳下的田野可以延伸到外婆的家、日落的所在，天高而地闊，那是我的大世界。

不過，這世界是大還是小，很難說清楚。因為這只是我小時候的遊戲天地，比起二十一世紀的小孩，每天只能盯著一個十九吋的螢幕看，我的世界是他們的幾十萬倍大，我的身體可以馳騁在我的世界裡，碰觸到數以萬計的花草、稻禾、喬木、樹叢，追蹤鳥聲、花香、星月的光輝，我的心靈可以乘著白雲飄飛，我的心境可以隨著晚霞轉換，那是一個可以聽到蛙鳴蟋蟀叫，可以聞到芒果花、柚子葉的不同香氣，還可以在清淨的溪圳裡看螃蟹鑽進爛泥，而我，魚一樣游著、蝦一樣跳著、螃蟹一樣橫行的世界。

但是，我沒有十九吋的螢幕，那螢幕是有光有影可以炫惑的世界，能聽聞幾百萬人在討論莎士比亞、討論蜂漿、討論浮冰的世界，能看見埤塘之外的三大洋、稻野之外的五大洲，能細數德希達的結構、後結構、解構，蘇東坡的惠州、黃州、儋州，還可以模擬現實，將遠方的陌生人拉在自己的眼前說說笑笑的3D世界。誰大誰小，不容易衡量。

從小睜開眼，「門口埕」就是世界，父親的農具：扁擔、鋤頭、柴刀、畚箕、米籮，都擺放在眼睛一溜就可以看到的屋簷底下，母親飼養的雞、鴨、鵝、鄰居的火雞，總是頂埕、下埕隨意跑隨意飛，不分物種「ㄐㄧ、ㄐㄧ、ㄧㄚ、ㄧㄚ、ㄜˊ、ㄜˊ」來往交際，祖母雖然纏著三寸金蓮，日本警察都無法逼她小腳放大，誰又能讓她不輕挪蓮步、不這裡張羅、那裡喳呼？有樣學樣，沒樣自己想的我們，當然隨時飛越稻埕，穿人堂室，有如俠客縱橫走跳如入無人之境。

「門口埕」是每日上演農村悲喜劇的舞台，大人有大人複雜的戲碼，小孩也有數不盡的笑聲與哭聲。

最歡樂的嬉鬧聲是黃昏時「踢罐子」的遊戲，大夥兒圍成半圈，留一方可以將鐵罐子踢向遠處的缺口，當「鬼」的人單腳踩住豎立的鐵罐，盡量不讓「踢罐子」的人將鐵罐踢向遠處，鐵罐子踢出去，「鬼」要用最快的速度撿回原處，用力踩住它，其他的人利用這段空檔找好隱蔽的所在，將自己隱藏起來，當鐵罐放回原點，「鬼」一踩住，同時大聲喊「停」，這時誰都不准再動，「鬼」則離開鐵罐子開始尋人，誰人被唱名找到，「鬼」與人搶著奔回原點，先到的人踢走鐵罐，後到的人即刻變成「鬼」：撿鐵罐、回原點、抓交替，所有的刺激隨時轉換，立即開始。鐵罐子滾動的聲音、小孩子尖叫、跺腳、哀嚎的聲音，被驚嚇的雞的飛跳聲，積極參與的狗的奔跑與吠叫，大人想玩又不好意思投入，轉而發出的斥責，聲聲交疊，充滿了這座沉寂了一天的三合院。

至於哭聲，每一年三合院裡似乎都有小嬰孩誕生，這家的初生嬰孩夾雜著隔壁一歲、兩歲幼兒的啼號，在那麼大的家族裡似乎代表著新生命的喜悅與歡騰，那不是哭聲。另外一種哭叫的聲音是犯錯的小孩遭到責罰的嚎叫聲，嚴格說，那是另一種討饒、求救的呼喚，鄰居嬸嬸、伯伯都會像觀世音菩薩一樣聞聲來救苦救難，擔任求情、和解的角色，爸爸、媽媽也因而順勢下台階，怒斥幾句「如果不是你阿嬸、阿伯替你說情，看我怎麼修理你」，草草結束這場大人合演的家庭教育。這，也算不得是哭聲。

三合院的真正哭聲，是辦理喪事時，全家族聚集，帳篷、八仙桌、圓桌、椅條占滿整個三合院，臨時搭築的爐灶、鍋鼎、辦桌食材，也將三合院的下埕全都占滿，三合院滿滿都是族親，道教法器、道士誦經，親族言談問候，大人來回匆促的步伐，間雜著喪家的哭聲、偶爾引頸而鳴的雞叫聲，這是扮家家酒從不模仿的儀式，卻是腦海中留存最深的印記：個人的事未必只是個人的事，一個家庭的事往往影響著整個家族。

懂事以來一直以為所謂三合院、稻埕，就該這麼大，出外拜訪了幾座朋友老家的三合院，才發現他們的「正身」通常只有三間房間，稱為「三間砌」，我們則是「正身」、「護龍」都是「五間砌」的三合院，或許就是這麼開闊的三合院適合我曾祖父在這裡運氣、練武、舉重，他才成為武秀才吧！我們家原來還留有曾祖父舉重用的大圓石，中間有著一個方型的榫孔，彷彿還可以感受到他用力呼氣舉起「石輪」的力勁。只是舉重用的「石輪」就剩這一塊，祖父的時代拿來當墊腳石，小時候我是踩著這塊墊腳石進家門的；父親的時代改建房子，以水泥砌造三階墊腳階，這塊「石輪」竟不知如何消失不見了。

曾祖父育有三子，他為長子、三子另外在村莊的南方築造兩個相靠近的小型三合院，記憶中大伯公家收藏著曾祖父經營的歌仔戲班的戲服，三叔公家的大廳懸掛著曾祖父的畫像，我問過堂兄、堂弟，這些戲服、畫像也因為時間久遠而不知所終了！想來也是，曹魏時代以帝王之尊鐫刻的《典論・論文》石碑，跨入晉朝早已無從查考，清朝一個武秀才的石輪如何能留存到民國一百年？時間與文明一樣，創造了歷史，也湮滅了歷史，我們卻企圖從蛛絲馬跡中發現文字所不曾記載的歷史。

現在，在這個三合院裡，或許只能想像他追逐雞、鴨、鵝，到處吆喝的少年模樣，那是他眾多後代子孫成長的模式；稍晚，或許還可以想像他穿著唐裝，指揮長工搬運戲箱、安排演出的精敏幹練，我幾位出外謀生的堂哥都擁有一大片江山，應該就是曾祖父最佳的傳承者。至於曾祖父如何辛勤奮發而成為武秀才，我搜尋可能的櫥櫃找不到硃砂批點的四書五經，我問過祖母、父親，他們不曾目睹或耳聞。或許，要從父親白天耕田、晚上劈竹篾，日夜辛勞中感受；要從父親不自覺流露出來的民俗文學底蘊裡體會；要從父親一輩子為農事而苦卻永遠幽默待人的生命哲學裡感悟。

我常夜裡獨自站在三合院的一角，聆聽歷史轉側時幽微的嘆息聲，想著：如何讓十七世紀的三合院也可以是這個世紀的大世界，能嗎？這恬靜的三合院，已經不太平靖的外面田野。

NO: 1

武秀才的三合院

小時候不知道世界有多大，我們家的門口埕就是我的小世界；朝興國小的操場是另一個世界；八卦山的山腰很寬很長、山腰很廣很遠，山腳下的田野可以延伸到外婆的家、日落的所在，天高地闊，那是我的大世界。

不過，這世界是大還是小，很難說清楚。因為這只是我小時候的遊戲天地，比起二十一世紀的小孩，每天以[illegible]盯著一個19"的螢幕看，我的世界是他們的幾十萬倍大，我的身體可以跑跳在我的世界裡，碰觸到數以萬計的花草、檜木、喬木、樹叢，還[illegible]鳥獸、花香、

神奇的芒果樹

樹是誰種的，無從考證，任何一棵樹都是這樣，不論樹種，也不管寒冬，包括讓我神思飛馳的這一棵芒果樹。

即使樹的身旁豎立著一塊牌子：「某某長親自手植」，也無法證明這是某某長親自栽種的樹，依據現有的經驗，這只能說是某某長曾經參與了這棵樹種植過程中一個小小的段落，通常是鏟了三鏟土，在人家已經挖好的坑洞、洞中樹立著三個人扶著的成樹樹苗，在這之前、在這之後，更多不知名的人為這棵樹育種、移植，挖洞、填土，固本、澆水，剪葉、修枝，無所不至且無微不至的呵護，卻連一個名字都未曾留下。

讓我神思飛馳的這一棵樹，就在我家三合院正身後方，誰種的？也一樣無從考證，我認識她時她具有兩個人合抱的腰圍，三層樓的高度，沒錯，一棵神木。小時候問過祖母：這棵芒果樹有多大歲數？祖母搖搖頭，說她嫁過來時樹已經這麼高，這麼壯，每年結的芒果只有加不曾減。如今，距離我問祖母的年代又過了五十年，怎麼看都看不出來她有增高、增胖，或者「老倒縮」矮了幾吋幾分的樣子，每年土芒果的數量或有增減，不曾不綠其葉、結其果、擴大其範疇。如果現在有人問我她多大歲數了，我的答案竟然跟祖母一樣：我還是小孩時她已經這麼高這麼壯了！了無新意，不相信，你問我們三合院為數龐大的族親，他們也是了無新意這麼說。

我們祖先從福建南靖到台灣彰化，已經有九代之久，如果一代相距三十歲，來台年數大約三百左右，這棵芒果樹會是第一代先祖定居時所栽植的嗎？若是，現時她應該也有三百歲的高齡了！只是祖母初嫁來蕭家距今一百年，那時這棵芒果樹只有兩百歲，兩百歲與三百歲的高與壯，我們祖孫兩人如何在不同的時空察覺其間的差異？或許就因為難以察覺其間的差異，所以她在我們心中長綠吧！

一個不到一百七十公分高的人，是無法察覺長頸鹿的身高怎樣逐日增長呀！

比長頸鹿還高的這棵芒果樹，在我們心中應該是長綠的，我想，在我祖先（或者更早的平埔族）尚未入駐以前，她已經是這土地上的原住民、至少也是先住民，說不定更早之前真有梅花鹿嬉戲在她眼前，她的果實經由燕子、麻雀的尖嘴、圓肚，經由土狗、梅花鹿的唾液、排泄物，傳布到近處的村莊、遠處的他方，不知道已經有多少個世代，只是不可能有任何族譜紀錄這些飄零的花果如何飄零、如何繁殖，也不可能有清楚的史傳記載這棵長綠的芒果樹如何幾易春秋、如何長綠夏冬。

祖先選擇在這棵高聳的芒果樹前建造家屋，我相信這是正確的選擇，樹總讓人有著可以穩定下來的感覺，即使是長亭又短亭送別的柳樹，飄飛的是細柔的情意彷若枝條與白絮，篤實的莖幹卻選擇了水與土，永遠拒絕風的誘引與戲弄。何況是一棵準時萌新芽、長綠果的芒果樹，一棵腿肚子粗壯、腰腹粗壯、手臂粗壯的芒果樹。是這棵樹讓他們堂兄弟在風浪的暈眩之後，選擇了這一片山野與土地，一片可以讓一個家族穩定下來的山河風光。更何況樹上芒果的芬芳還散發著母親的乳香，喚醒了母親千叮嚀萬叮嚀的溫馨記憶。

是這棵芒果樹暗示著：家，這就是蘭陵蕭氏的新家了！

就在這棵芒果樹下，搭蓋四五間茅屋，養幾窩雞，更遠的地方適合養兩三頭豬，任螢火蟲飛舞，夏天時會有一群小孩子呼朋引伴，歡笑著來、歡呼著去，偶爾幾隻鵝搖頭晃腦，無所事事，三兩隻鴨、五六隻雞，尋覓牠們喜歡的昆蟲或穀粒。日落後，幾個堂兄弟可以拉兩張椅條，泡一壺茶，說些稻穗、田水、菜種、天色的不同更替，說些星斗冬夏的轉移，或者什麼也不說，望著遠天，想著「福建省漳州府南靖縣」，回不去的故里，無論如何要將這九個字嘴裡誦著心裡念著一代一代傳遞下去。這時，頭上幾顆黃熟的芒果啪嗒啪嗒掉下來，彷彿都說著同樣的話語：家，這裡就是新家了！

這棵芒果樹會比我祖先早到這裡，最重要的證據是她離地面最近的樹幹不像其他的樹（尤其是人工栽植的果樹）直直挺立，最靠近地面的樹幹是先與地面平行六尺，而後才向上竄升的，以懸空的ㄐ字型展現英姿。ㄐ字型右邊那一豎是山腳路扎實的地基，左半的L型才是樹的真正長相，底下那一橫六尺長，像龍的脊椎骨永遠與大地成平行，六尺以後筆直往上直升。小學畢業以前我怎麼跳都摸不到她的腹部。好不容易爬上她的背部，向下抱、向前抱，即使是大人都不知道還要幾隻手的長度才能實實環住她。

ㄐ字型起筆的地方，就像龍抬頭，昂昂已經有四層樓的高度，往東平視過去，它可以看到二十一世紀人造的飛龍，在她與八卦山之間，南來北往，直竄而來直竄而去。

這就是芒果樹神奇的地方，為什麼她會像龍一樣平平伸長她的龍骨，而後遽然抬頭，望向汪洋多水的西方？為什麼不像一般的樹永遠與地平面保持垂直而成長，即使是不得已從垂直的岩壁上長出，往往不到一公尺就急著竄直身軀？她預留著這麼大的空間，這麼蔭涼的地方，就是要讓小孩子快樂戲耍，要讓農夫、農婦有一個可以歇睏的所在嗎？

我們無從知道。即使不知道她為什麼這樣艱困地彎折腰部而後拔升，我們卻知道感恩，每年年末三合院大廳在酬神，三合院後方芒果樹下，另外會安排小型祭桌祭拜「地基主」，通常大人忙著大廳的祭祀活動，芒果樹下的祭典就交給大孩子主持，說來可笑，大人以為我們是在祭祀看不見的「地基主」，我們卻以為是在祭拜這棵大芒果樹。多少年這樣沿襲，大人滿意在民間信仰上讓我們有自我成長的機會，我們卻喜歡以這種方式感謝芒果樹所賜予我們的：看得見、吃得到的黃綠芒果，看得見、感受得到的墨綠蔭涼。

颱風來時，我們躲在稻草屋頂的房子裡，這邊以臉盆接屋頂漏下的雨水，那裡找水桶接漏下的雨水，雖忙卻有淋雨玩水的快樂。趁著小小的空檔，總想快速開一下門，望一眼東方那棵樹，內心擔心著裸露在天地之間、狂風驟雨之中，那棵芒果樹會不會被風掃落枝枒，會不會砸壞大廳的屋頂？

門一開一闔，又一開一闔，祖母其實可以看穿我們的心事，她總會說，來，教你們唱兩句歌：

風吹～樣子斷梶～

風透～樣子落～

台語「樣子」就是國語的「芒果」，她將這兩句話拉長念讀，有著童謠式的的趣味與愉悅，本來焦急的心也因為這兩句話的吟誦而慢慢和緩下來。

為什麼這兩句話有著療傷的作用？或者說，詩的吟唱為什麼有著療傷作用？多年後我自己研讀禪師偈語，曾經讀到「秋冬春夏，鼻孔向下」的悟道話，剛開始覺得好笑，「鼻孔向下」不是人盡皆知的事實，也算開悟者的體會嗎？說「春夏秋冬」，我們知道時間在消逝，說「秋冬春夏」，難道只是為了諧韻，還是更要透露出秋冬將去、春夏將臨，困境終會過去的訊息？即使如此，它與「鼻孔向下」又有著什麼樣的呼應關係？參啊參，參了好久，還是沒有參透。後來朋友說，酷冷的秋冬將會過去，溫潤宜人的春夏終會來臨，「秋冬春夏」是天體運行的自然秩序，沒有人會懷疑；就像人體，耳朵生在臉頰兩旁、鼻孔朝下生長一樣自然。這就是「道」、就是「禪」、就是「自然」。原來，悟道者用「鼻孔向下」這樣簡單而通俗的話，告訴我們天體的運行、生命的循環，都是這樣自自然然。風吹～樣子斷梶～風透～樣子落～不就是這樣自自然然，這樣自然而諧和的生活語言，自然而諧和地吟唱？

第二天，風定雨停，滿地的芒果，或青澀、或黃熟，早就被附近的鄰居撿走，大腿粗、手臂粗的散亂樹枝也被族親堆放在一旁，抬頭看看正身五間房子的屋頂一無損傷，大人議論紛紛，驚呼這是一棵神木，我們小孩心中自有一種得意，是我們天天在樹下呼嘯、戲耍，親近她，她才這樣保護我們吧！是我們年年在樹下祈禱、拜拜，崇敬她，她才這樣庇祐我們的家屋吧！

蕭家三合院這棵芒果樹，是大自然為她澆的水，為她剪的枝，幾百年來以欣欣然的英姿，展演著生命的奧祕與神奇，天天錄下大人、小孩的笑聲笑語，激發我們的意志，年年我總要回到她的身旁，重溫那清涼的薰風、溫馨的場景，重新復習從她身上獲取的生命啟示，堅定自己。

蕭家三合院這棵芒果樹，幾百年來以欣欣然的英姿，展演著生命的奧祕與神奇。

張君雅小妹妹的前身

看過電視廣告上，張君雅小妹妹在一聲「泡麵泡好了」的召喚下，狡兔一般迅疾奔回家的畫面，我們都清楚這是台灣鄉村小學生奔跑的典型動作，那腳步的慌急，那滿臉的真切，都是內心深處真性情的的閃現。

我們是沒見過狡兔，不知道動如狡兔有多迅疾，我們見過的兔子雖然不一定跟雞同籠，卻總是被關在籠子裡，偶爾在類似日祥生機農場中見到的、草地上的兔子，在草坪上、樹叢間一蹦一跳，但也只是一蹦一跳，一蹦一跳的家兔而已。不過，至少，我們知道何以說動如狡兔，因為叢林中的小白兔隨時都有危險存在，隨時都要有逃命的準備，那種慌急的、逃命似的縱彈，正是與生俱來的，作為一隻野兔的反射性動作。

「動如狡兔」總是跟「靜若處子」相對比。如果一定要在這兩個成語之中選擇我的性向，我知道，我朋友也知道，我是偏向令人覺得好笑的處子的「靜」。一個男人應該英雄一樣、劍一樣，至少也要狡兔一樣，蹦彈，我竟然靜如處子，自己都覺得有些「涼」。不過，我真的很容易定靜下來，給我一本書，就等於給我一個屬於我的世界，安安靜靜我和書的世界，我就靜下來了。雖然，我知道，我朋友也知道，書中的世界不僅活蹦亂跳而已，那是一個可以奔馳、飛翔、甚至翻覆的天地。

還不認識書以前，其實我真的是狡兔，灶腳、埕尾、山原、田野，一陣風似的，倏忽來、倏忽去，有時在草叢間追逐蝴蝶，有時觀察為什麼蝴蝶單單眷戀著這一蕊花？有時在圳溝前呆呆看著水流形成的漩渦，卻忽然瞥見一具狗屍體隨著漩渦打轉，嚇得嚎啕大哭，趕快跑回芒果樹下定靜自己。有時我在八卦山的山腹與山腰間，試圖爬上一棵龍眼樹，只為了看看雛鳥的啼聲那時在無毛的身體裡如何運轉，反而被樹上的蛇嚇得猛然一躍，飄然墜下，那時離地球還有三尺以上的高度，拐著瘸了的腿，像一隻受傷的家兔，連無毛雛鳥的啼聲也發不出來，只能一拐一拐回到「樣子腳」，在神奇的芒果樹下平息自己的慌急。

有時，我和友伴留連在我們田園西側的圳溝裡，這時離家十分遙遠，又跑又跳也要十分鐘以上的腳程，這裡的水比起朝興國小東側的圳溝，不湍急，所以不混濁，我們在這兒戲水，可以遠離家長的視線，因為大部分台灣人都由唐山過台灣，一代一代警惕子孫：水是凶險的，不可親近！但盛暑下的溪水卻是清涼的，水中的魚、蝦、田螺、蛤蠣卻是豐富的，我們忍不住呼朋引伴來到溪底，溝側的爛泥中會有綠豆大的小洞穴，伸手一掏就是蛤蠣，不費力氣，有時溪底一踩，我們的腳有著豌豆公主背部的靈敏，隔著爛泥可以感覺蛤蠣的存在，偶爾也可以撿到田螺。但水中的魚、蝦卻不是那麼容易掌握，總要兩、三個朋友應用畚箕，一個擋，兩個攪混，將魚、蝦趕往畚箕，迅速提離水面，所獲不多，卻有一種打獵的樂趣。有時，溝側的爛泥中會出現手指一般粗的洞穴，是鰻、鱔魚、泥鰍、土虱，還是螃蟹、水蛇棲息的行宮，經驗少的我無法判斷，怯懦的我一向不敢伸手去冒險，還好總有勇敢的夥伴先以長長的草莖試探，最為浮躁的是螃蟹，撥動三兩下，如果是螃蟹的洞穴，牠的螯馬上夾住草莖，一拉就被拉出來了！如果是泥鰍、鱔魚、土虱、水蛇的棲居穴，不論如何逗弄，牠們往往不為所動，泥水又深不可測，人終究不敢貿然行事，人與動物就這樣僵持在洞口，這時沉不住氣的總是人，總有人冒然探手入內，接著一定是尖叫，被水蛇咬痛，或者土虱溜走，一陣慌亂，大家一起在慌亂的泥水中找尋土虱，或者幫助友伴止血。

如果有人判定在水中滑溜的是鰻，這是大事，一定會有人跑回家拉大人來協助，忘記父母告戒不可戲水的警語。大人也好笑，這淺水溝裡能有什麼大鰻，卻真的跑來，真的跳入圳溝中，在爛泥裡真的與小孩攪亂一溝水，混水摸魚。真摸到鰻魚，真的撿拾了許多田螺、蛤、蚌之類的水產，我們回到家，其實也不會挨罵，我們是在工作啊！為家裡找尋加菜的機會啊！

我阿嬤則從不管我能不能帶田螺、蛤蠣、蚌，更不要說鱔魚、泥鰍或鰻，她認為在她眼前才是平安，只要那麼幾十分鐘看不到我，一定扯開喉嚨喊：「阿順啊！你置佗位啊！」屋前屋後，又尋又嚷，直到我從兩三百公尺的山林、田野跑回來。如果我跑出她的聲浪所及的地方，附近的鄰居、阿嬸、阿伯看見我的身影，也會大聲叫我：「阿順啊！你阿嬤咧叫你啊！」「阿順啊！你阿嬤咧找你啊！」小時候，我在我們村莊裡小有名氣，應該是阿嬤幫我喊出來的。

當我氣喘兮兮跑回家，阿嬤的第一句話一定是：「你啊，大尾鱸鰻！」後來學了修辭學才知道，阿嬤使用譬喻裡的「略喻」，說我像一尾鱸鰻，鱸鰻體型大，全身滑溜，任誰也無法單獨一人掌握住牠。比起鰻魚，鱸鰻是不會長期逗留在小溪河裡的，牠會來往於溪河與海洋中，溪河是牠的家鄉，海洋是牠的世界。長大以後，我漸漸體會出阿嬤說我是鱸鰻的用意。

鱸鰻、鮭魚，都是嚮往海洋，又會眷戀家鄉的生物，牠們不會將自己拘囿在小小池塘裡，但也不迷戀身外世界的虛華。生物世界裡，很多學者在研究鮭魚返鄉的意志與智慧，牠們是靠著磁場、念力、味覺、星光的指引？還是哪種不可知的神祕元素的召喚？對我來說，小時候阿嬤的呼喚聲，是我狡兔一般回歸的動力，腳步慌急，滿心真切，就像一碗好吃的泡麵誘惑著張君雅小妹妹一樣。不同的是，阿嬤不是以泡麵誘惑我，她只是單純地想確知我就在她可以看的見的地方，她認為：所愛盡在眼前就是一種幸福，只要她一呼喚，我一定使盡全力奔跑回家，祖孫之間似乎存在著一種依戀，一種默契。

祖母過世後的十年裡，每天我面對著厝角頭、阿嬤的房間，面對著夜色、廣大的田野、陌生的都城，有時出聲，有時不敢出聲，內心一直呼喊著：「阿嬤！你置佗位？」眼淚應聲而出，阿嬤卻從未回應我任何聲息。

「阿順啊！你置佗位啊！」

將近五十年了，阿嬤的呼喚聲卻一直在我心中迴盪，只是我不知道該奔向何方，是武秀才三合院的舊居，八卦山麓蒼翠的田野嗎？還是文秀才應該有的文字魅力所形成的場域？八堡圳裡濁水溪的水一直嘩嘩響個不停。

行動派農夫的生存哲學

以前有一些人喜歡自稱是「龍的傳人」，我也曾參加一個詩社就叫「龍族」詩社，彷彿每個成員都是一條龍似的。龍是吉瑞的動物，龍鳳可以呈祥，飛龍可以在天，不管是「龍的傳人」或「龍族」，聽起來真的很過癮。

大家都知道畫鬼很容易，因為誰也沒見過鬼，怎麼畫，怎麼說，只要言之成理，即使是歪理，旁人也只能歪著頭點頭，斜著嘴說有一點像。譬如說「大頭鬼」，隨你畫，誰能管你頭的比例要多少，多大才叫大？譬如說「不四鬼」，誰知道少了禮義廉恥的人長得會如何？該怎麼畫，我就是要在他臉上畫一個「ㄐ」，「ㄐ」像「4」，但就是「不是四」，怎樣，這就是「不四鬼」。畫龍也是，縱然旁人心中存著疑惑，深不以為然，他說的也只能是另一種「烏龍」，當不了真，說不得準。我想，在恐龍化石未被發現以前，每個畫恐龍的人都有這種絕對的自由，馳騁自己的想像吧！

不過，當大家都說他是龍的傳人時，我卻說自己是「農的傳人」，還洋洋得意。有人覺得我發音帶著太濃的鼻音，發錯了「龍」的「ㄌ」，後來他們發現發「ㄌ」比發「ㄋ」容易多了，對我反而飄來一些些欽佩的眼神；有人聽出「龍」、「農」其間音的差異，卻奇怪「農」的傳人有什麼好炫耀的？

「士農工商」，我們都這樣說，鄭板橋卻說「農是四民之首」，我是很窮很窮的農夫的兒子，鄭板橋的話聽起來卻比「龍的傳人」或「龍族」，過癮得多了。

「農」的傳人，其實沒什麼好得意的。但我知道爸爸插秧就會長出稻穗，種蘿蔔就會長出菜頭，種花生就會長出土豆，而且炒了、炸了都是香的，這種魔術，除了上帝和農夫，還有誰能變得出來？

「農」的傳人，其實也沒什麼好驕傲的。但爸爸看看西天霞彩如魚鱗，就確定「風颱」會來，聽聽雷聲響亮，就能預料明天「好天」，這種功夫，連二十一世紀的氣象局都要自嘆弗如，還有誰可以跟他比？

爸爸照顧的龍眼樹，學校一放暑假就會結子，暑假中就有龍眼可吃，每一年都跟畢業典禮時鳳凰花開一樣準時，一樣守信，我喜歡這樣信守承諾的爸爸、龍眼，還有鳳凰花。

後來看了電影，我才知道我爸爸其實也是蜘蛛人。

每一年採收龍眼時，他會將所有的麻繩都帶到樹下，以樹幹為圓心，拿繩子將所有樹枝一枝一枝捆縛著串連起來，至少裡外圍繞兩圈，而且還要再上一層、再圍兩圈，再上一層、再圍兩圈，上下層之間依然要有繩子繫縛著。我們由龍眼樹下往上一望，整棵樹就像張開來的蜘蛛網或盪開來的線香，具有無限大的彈性，爸爸採完這一枝又跨上另一枝，這一枝彈起、另一支陷下，爸爸的身體重量，因為繩子的關係分散到各樹枝，因而從來不會有樹枝折斷人摔下的可能。

樹枝與繩產生的彈力，整棵樹牽一髮而動全身的模樣，我不知道這印象對我生命中的某一種修為產生影響，但那種綿綿不絕的力勁，水一般柔弱卻韌性無限，空氣一般似存似不存，一定化成為我對生存的某些體會。

蜘蛛人爸爸將滿滿的籮筐從樹上垂放下來，我們七手八腳把龍眼搬出來，爸爸又將空了的籮筐提拉上去，這上上下下的龍眼是我們九月份開學的註冊費，這時我們手裡忙著整理一把一把的龍眼，嘴裡也忙著享受龍眼的甜肉汁，吐出光滑黑潤的龍眼核，一顆顆黑眼睛似的龍眼核，滾動在地上，那是充滿希望的黑眼睛，其中會有一兩顆，來年成為山園裡新長的龍眼新苗。植物的新生命就是這樣強韌，長出好吃的果肉任你享受，它則保持自己堅韌的種子，可以在任何惡劣的環境下，爆芽成為新生命的代表。

我要成為那新生命的代表。——不知道有多少農的傳人會有這樣的體認和決志。

這些光滑黑潤的龍眼核，在太陽的曝晒下，絕大部分成為脆裂的乾殼——化為塵土。

不只是光滑黑潤的龍眼核會化為塵土，甚至於，在龍眼樹準時開花或結子的那一段期間，只要一陣颱風，龍眼樹下一片狼藉，花粉、花蕊、龍眼子滿地都是。農人不哭，只是心中淌淚，孩子的註冊費，家人的醫藥費得要另外想辦法了！行動派農夫拿起竹掃把，將這些花粉、花蕊、龍眼子、可能的新台幣，堆積成堆肥，至少還可以肥厚腳下的土地。

颱風、暴雨、黃滾滾的土石流，不僅在七、八月間襲擊台灣，有時還會在稻子結穗至稻穀收割的期間大駕光臨，沖擊甚或沖刷田園。風雨吹襲，傾跌、歪折的稻穗，這裡一撮，那裡一片，這時蜘蛛人爸爸又會成為超人爸爸，頂著風雨，涉過洪流，要將那些傾跌、歪折的稻穗——扶直，——定位。爸爸說，所有的農夫都是行動派農夫，他們一秒都不容許遲疑，這一秒遲疑，下一秒稻穗就會完全死亡，雖然他們也知道，這一秒扶起，下一秒稻穗仍然可能從腰折斷，但農夫必須立即行動，立即面對問題，這就是農夫的生存哲學。

我喜歡這種立即派的神農，不喜歡見首不見尾的神龍。

我會是行動派的農的傳人，即使不會種田，也要以這種哲學傳布在不同的心田裡。

當爸爸，爸爸老的時候

「讓我免於試煉吧！」多少人以祈雨的姿勢，伸著雙手，向著老天這樣吶喊，或者，無聲地在自己的心中小聲吶喊——很弔詭，我說的是「無聲」卻又「小聲」，「小聲」卻又「吶喊」。其實，弔詭的還包括：任何人都期望自己免於試煉，人的一生中卻偏偏喜歡時時試煉別人，處處刺探其他善良百姓。不相信？「來，我問你……」我們不是常常以這樣的問句開始聊天？那真是聊天嗎？我們不是常常促狹地問朋友：「那一天，那個戴眼鏡的是誰？說啊說啊……」這不也是形式不一樣的試煉？或者，我們常藉由關心的姿態，作的卻是窺密的動作？我們常常以自己的「自在」造成他人的「不自在」，還大聲說：「這是愛！」

誰能免於這種試煉，誰就是幸福的人。——我一直這樣認為。

因為，小時候我確實是在沒有試煉的環境中長大，天，永遠是無邊際的藍，無辜的藍，卻也不一定是為了藍給我看；地，一直向天邊綠過去，翻滾著深淺不同的綠浪，任我泅泳；人，最重要的，家裡那座穩固的八卦山，威嚴的爸爸，讓人畏懼，卻是光明磊落相對待，不會在某個暗處設個機關試煉你。

「爸，我要去田尾找勝利仔。」

「騎鐵馬，要細緻啊！」

「我知道啦！」

這是周末、周日最常有的對話，坦然相對，完全信賴，不會懷疑你騎著腳踏車去了什麼不該去的地方，回家了，晚了，不會有審問，頂多一句「怎麼這麼晚？」這時，我會一五一十報告今日的行程，去了什麼地方，碰到什麼樣的朋友，說了一些什麼話，爸爸只是聽著，喔，喔，有一些欣賞，有一些滿足。所有我國小到高中常相處在一起的同學，爸爸都認識，父子之間沒有祕密——即使是我喜歡的女同學，即使是爸爸的債主，會避開阿嬤來到家裡討債的債主，我也認識。

爸爸是玄天上帝的「筆生」，替「乩童」當翻譯的人，我常隨在他身邊看他辦事，在乩童尚未被神附身的時候，他們閒聊家常，那時剛入夜，我負責舉著香在神像前不斷上下擺動，敦請神明起駕，時間長達四個小時以上，從黃昏到深夜，總要子時以後，神才會駕臨。神明起駕之後，乩童開始吟詩、開金口，說的話、寫的字，另有一種系統，不是一般凡人所能了解，這時作為玄天上帝「筆生」的爸爸，成為神人之間的溝通者、釋疑者。那當時，我並沒有特別崇拜爸爸，只覺得人就應該像爸爸這樣為別人服務。相反的，到今天，我也從未懷疑台灣這種民間信仰以及這種信仰的力量。——當然，這都是因為爸爸對人、對神那種開放而誠信的態度。

或許很多人會感到錯愕，高中時期跟隨玄天上帝、跟隨爸爸深入民間的我，同一時間也參加了「《聖經》函授班」，每次接讀一小冊《新約聖經》，做好練習題，寄回去，再接讀另一冊《聖經》，我真心閱讀，誠心做練習，每次獲得高分。爸爸問我那是什麼，我說是基督教的《聖經》，他翻一翻小冊子，沒細看，也沒說什麼，對於他的孩子會接受這樣的訊息，好像雨水就該從天空中落下來一樣自然。那時候，我還參加前輩詩人覃子豪所主持的「新詩函授學校」，閱讀、習作、再細看老師寄回來的批改實錄，繼續閱讀、習作，如是往返、重複這樣的教程，好像燕子每天早出晚歸、每年秋去春回，好像雨水斜斜落在田中、落在田尾，在爸爸寬闊的心中，秋冬春夏，鼻孔向下，這一切都那麼自然，對於我所做的這一切，從未錯愕。

甚至於，大一時我在台北教會受洗了，改變信仰了，回來跟爸爸說，他仍然篤定如山，沒有驚訝，不曾憤怒，也未難過。鄉下人都認為信基督的人不拿香燭、不拜祖先，會斷了家族香火，家中只要有人改變信仰，鮮少不引發家庭革命的。何況大伯父早逝，爸爸再無其他兄弟，而我又是長子，爸爸應該傷心阻止的，但是他沒有這樣做，全然信賴他的孩子。多年以後，有一次當著許多堂伯叔面前說：「水順信教了！」不慍不火，純然只是宣告，我知道他真的完全接納我，從他當爸爸開始，一直到他很老很老的時候。接納跟他一起拿香敬拜玄天上帝的我，也接納低頭禱告耶穌基督的我。

當學生，煩惱的是要參加各種各樣的考試，快樂的是不管參加什麼大考、小考，都可以事先預習。但是當爸爸卻無法預習，煩惱的是各種各樣跟孩子接觸的考試卻比學生多，身體要接觸：如何抱他、牽他，心靈要碰觸：如何了解他、安慰他，智慧要碰撞：如何引導他、啟發他。未能預習，就須面對。我當爸爸，其他人當爸爸，都是這樣開始的吧！

但是我從爸爸那兒學來：完全開放，相互信賴，像天像地那樣，開向八方、萬方，無須忌諱。

然而，我真能嗎？真能對孩子無所試煉嗎？

當孩子從陽明遺傳學研究所碩士班畢業，我多少次試探他讀博士的意願，他堅定的說：我要當蕭董，不當蕭博士。是啊！我自己以未能完成博士學業感到遺憾，孩子就應該完成爸爸的心願嗎？如果爸爸無憾，而孩子有憾呢？我是想到這個問題才釋然的哩！

讀「遺傳」學的孩子後來進入「遠傳」電信公司服務，我總叨念著：讀生命科學的人為什麼不進入生命科學體系？孩子卻以他祖父的幽默口吻說：

「遠傳」與「遺傳」，都有一個「傳」字啊！是啊！農夫的爸爸教出我這個文學的孩子，「遺傳」的人性學理說不定也會給電信科技一些啟發啊！何況，「遠」和「遺」都是「辵」字旁哩！

是的，打開房門，敞開心門，不試煉任何人，專心等待那個遠行的孩子，當爸爸老的時候，我體認這些，當我老的時候，我要做到這些。

月明風清是靜的意象

還記得三合院的老家，大廳雙扇門板上貼的春聯嗎？我們家公廳門板上，有時候貼兩幀門神像——只是不知道是神荼、鬱壘那一組，還是秦叔寶、尉遲恭這兩人的組合？——有時候貼的是紅紙金字

「晉祿」、「加冠」，祝福全三合院的親屬都能升官發財，只是數十年來也沒看見哪一家人當了官、發了財！

至於我們住家的客廳則是永遠的「明月」、「清風」，紅紙黑字，這一年買現成的，另一年則是奉父親的指示、我寫的毛筆字，數十年來如此輪替，未曾改變，可以想見我們家一向清簡明朗、清爽明亮，即使後來學會了很政治的「家慶」、「國恩」，很奢望的「積玉」、「堆金」，很安穩的「三陽開泰／萬象回春」，很傳統的「文章華國／詩禮傳家」，很吉瑞的「千祥雲集／百福駢臻」，都未被父親所接納。

清風明月，不知道父親為什麼那樣欣賞？

還記得《三國演義》裡，劉備三顧茅廬的故事吧！劉備第二次拜訪諸葛亮，進了孔明家的大門，到了中門，門上寫的那一副對聯嗎？

沒錯，就是「淡泊以明志，寧靜而致遠。」

淡泊的心境、簡樸的生活，可以顯明自己的志向；寧謐的心境、靜定的態度，可以到達遠方，實踐理想。

我一直以為這是孔明心境的寫照，自我的修養。直到那一天，學生以MSN約我旁聽羅老師（文玲）的「歷代文選」，學期末最後的一堂課，羅老師組合諸葛亮相關的詩文（諸葛亮〈戒子書〉、杜甫〈蜀相廟〉、不知作者的〈梁父吟〉）當教材，我才發現「淡泊明志，寧靜致遠」，不僅是諸葛亮用以警醒自己的座右銘，也是他用以戒惕孩子的傳家寶。

諸葛亮〈戒子書〉這樣寫：

夫君子之行：

靜以修身，儉以養德；非淡泊無以明志，非寧靜無以致遠。

夫學須靜也，才須學也；非學無以廣才，非靜無以成學。

慆慢則不能研精，險躁則不能理性。

年與時馳，意與日去，遂成枯落，多不接世，悲守窮廬，將復何及！

在這篇短信裡，他以否定句去完成肯定的效果：「非淡泊無以明志，非寧靜無以致遠」，更見其非如此不可的訓示深意。

在課堂上，我反覆思考，如果我是諸葛瞻（諸葛亮的兒子，字思遠，「非寧靜無以致遠」！）我要從這封短信中體會出父親的真正心意，那心意會是什麼？

在對偶式的句子裡，首先我發現的是錯綜的句法：

「靜以修身，儉以養德；非淡泊無以明志，非寧靜無以致遠。」

真義是：「儉以養德，非淡泊無以明志；靜以修身，非寧靜無以致遠。」

「學須靜也，才須學也；非學無以廣才，非靜無以成學。」真義是：「才須學也，非學無以廣才；學須靜也，非靜無以成學。」

經過這樣的整理，可以看出「；」後的句子是主句，「；」前的句子是從句。靜才能修身、才能儉、才能淡泊。靜才能成學，成學才能廣才。主從關係既已分明，就可以體會出諸葛亮真正的意涵，其實只有一個字，那就是「靜」，修身、為學，端賴自己內心完全靜定（慆慢、險躁，就是躁動傲慢，無法定靜）。

歷史中的諸葛亮，小說裡的孔明，功蓋三分國名成八陣圖的蜀相，他的成功，他給兒子的密笈，就是一個「靜」字。

我想起自己的父親，執意在門板上書寫「明月／清風」，不也是「靜」字所外顯的形象嗎？唯有心靜、境靜，才可以望見朗朗的明月，膚觸淡淡的清風啊！

依據年表推算，諸葛亮寫〈戒子書〉時，諸葛瞻才七歲，作為一個父親，諸葛亮會寫這樣的信給七歲的孩子嗎？作為一個父親，我相信是的。我深深相信在我還沒出生前，我們家客廳的門板上就寫著「明月／清風」，「明月／清風」父親以這樣的四個字等著我。

六十多歲了，我相信父親要說的是：只要心中升起皎皎一輪明月，即使兩袖清風又有什麼關係！

汗水形成的圖象

我們小時候都跟先民一樣，尚未識字，先會認識圖象，不知道「香蕉」如何寫、如何發音、如何有營養，就知道伸手要拿那黃澄澄的果物；不一定能辨識香蕉皮與肉的區隔，顏色與香氣的特殊，卻也就認定那是有用的食

物，咿咿唔唔就是要拿在手中、送入口中。

有人認為語言學習是天生的本能，與生俱來的，大部分的父母不可能是語言學專家，不知文法、語法為何物，卻大有可能是文盲，但是所有的小孩還不到上學的年紀，從未經過完整而周全的學習機制，卻能自然地說出合乎文法的新句子，彷彿真能駕馭文法，雖然大人、小孩都不知道文法是什麼東西，卻是有模有樣，替換主詞或動詞說出新的句式，有板有眼，誰都能確認那是合乎閩南語法習慣的話語。語言是一種本能，對於圖象的辨識能力，人類是否也有類似這種來自本能的能耐？

還未學習「雲」這個單字，我們已經認識了雲，尚未認識「雲」的象徵意涵，譬如漂流、自在、逍遙，天空中雲朵形成的圖案，已是我幼小心靈舒展想像力最佳的媒介。雖然詩人瘂弦說：今天的雲抄襲昨天的雲，但我們都知道天空中沒有相同的兩片雲，就像樹上不會有相同的兩片葉子，大自然從不犯「抄襲」這種錯誤。

兒歌唱著：太陽下山，明朝依舊爬上來，花兒謝了，明年還是一樣的開。這是大家都知道的現實，但我們更清楚，明年花朵綻放的枝枒，絕不會是今年萌芽的那一處老所在；而明朝爬上來的太陽，也不會跟今天的太陽有著相同的皺紋和歲數。

小時候，我沒有玩具，隨處可見的碎磚塊、小瓦片、白石子，常常拿來當棋子用，跟朋友在地上廝殺，總要分個你輸我贏；要不然也可以跟其他堂兄弟比賽，看看誰能擲中遠處那棵香蕉樹枯萎的葉柄；或者，排排站在池塘邊拋擲水漂石，算清楚誰的石頭「點水」勝過剛才那隻蜻蜓。

爸爸常拿這些碎磚塊、小瓦片、白石子，在大地上畫著，教我認字、習字，我也一板一眼用力刻著、畫著，比起宋朝歐陽修以荻學字，我的硬筆書寫是直接刻畫在地球臉上的，那轉折的力勁，如果移換到紙上，當然力透紙背，入木三分。一般人最早用的筆是鉛筆、蠟筆，而後才是鋼筆、原子筆、毛筆等等，我的第一枝筆卻是碎磚塊、小瓦片、白石子，紙則直接鋪在大地上，從「厝角頭」延展到天邊海角。

連碎磚塊、小瓦片、白石子都懶得撿拾的時候，校園裡的草坪卻可以隨意躺臥，田野裡堆得高高的稻草媲美席夢思，更能舒舒坦坦任我躺、隨我臥，看白天的雲，夜裡的星，幻想中的、結合傳奇故事的自己。「白雲蒼狗」的成語尚未學習，我已經可以跟雲一起幻化，一如蘇紹連的散文詩，縱心所欲，隱形或者變形，沒有物種的限制，沒有「神仙、老虎、狗」的歧視，古今中外、岳飛張飛，自由來往穿梭。

從雲海浮沉的想像中被叫醒的時候，第一眼看見的，往往是爸爸臉上那縱橫交錯汗水形成的圖象，爸爸一轉身，背上汗水形成另一幅八卦山式的縱谷地形，汗滴成點、成線，猶未縱落，新的汗滴又緊跟在後，淋漓盡致，隨時轉換新的地貌。這時，爸爸在寬廣的大地上，用他的鋤頭復習先祖的歷史，耕耘我們的未來，不會浪費一秒鐘的時間去擦拭臉上的汗水，卻讓我神遊於雲的想像裡。

或者，夕陽西下時，與燕雀同樣飛躍在歸巢的路上，我默默緊跟在爸爸的身後，爸爸烏亮的背脊兩側，透明而泛著夕陽餘暉的汗滴，仍然肆意揮灑它們的創意，圖畫一般野獸派或者印象主義，字體一般象形或者會意，總是引導我的想像飛越山嶺、田野，飛越貧瘠、窮困、形象、非形象，遊走在詩的國度中。

冬天的夜裡，鄰近的鄉親早已入眠，我則獨自一人在三合院凝望星空，看過太多章回小說的我，常常感知自己是天上下凡的星宿，數度握緊拳頭，下定決心好好栽培自己。回到屋內，爸爸仍握著柴刀俐落地劈著竹篾，微汗的額頭，微溼的背部，仍然漫漶著圖象，我又握緊一次拳頭。

爸爸是真正的「汗人」，我應該也是「汗人」，流著汗做著事，汗水形成的圖象一如創意，永遠推陳出新。

不知道充滿水氣遊行在空中的雲，會不會也是天空的「汗人」，永遠變換自己的圖騰？

母親的手——

獻給為台灣幸福而努力奮鬥的母親們

1

我的母親不識字，日本字不識，中國字也不識，她的手只會寫簡單的數目字「１２３４」，母親的手連自己的名字也寫得歪歪扭扭，而且還是四十歲以後才學會，那是她的兒子——我，一筆一畫教她「畫」，畫成自己的名字。

竟然這樣陌生，四十歲以後才認識屬於自己的三個字，這三個字這樣陌生，這樣疏離。名字，什麼時候才真正與母親連在一起？什麼時候，母親才有真正的名字，真正為自己而活，真正有著屬於自己的快樂？

母親不知道。母親的手不寫自己的名字。

母親的臉也沒有自己的名字。母親是童養媳，兩、三歲就離開橋頭潘厝，離開外祖母的懷抱，帶著自己的三個字「潘月白」，來到蕭家，「潘月白」登錄在戶口名簿上，母親的臉沒有這三個字。三十歲，母親的六哥來到朝興村，第一次要來看看妹妹的家是一個什麼樣的家？三十年，第一次，從庄頭問到庄尾，沒有人知道「潘月白」是誰，六舅帶著驚愕，帶著「潘月白」三個字問下去，從庄尾問到庄頭，三十年，第一次這樣念著妹妹的名字，一遍又一遍念著妹妹的名字：「妹妹，妳的家在哪裡？」

三十年，母親來到蕭家的三十年，陌生的一個人在我們家的井邊問我：「你認識潘月白嗎？」除了父親和我，陌生的這個人也認識潘月白嗎？

「我認識，我認識，我帶你去！」

小學一年級，連跑帶跳，那是興奮；大吼大叫，那是興奮。

母親聞聲跑出來，帶著驚愕：「六兄……」

眼淚聞聲跑出來，帶著喜悅：「叫六舅……」

我愣在一旁，忘記叫六舅。

母親的手愣在一旁，忘記擦眼淚。

「六兄……」

「六舅……」

六舅沒吃中飯就走了，母親的手連眼淚也沒擦乾就放下來了，「潘月白」三個字又沉寂下來了。母親仍然沒有名字，除了父親和我們兄弟，只有戶口名簿認識「潘月白」三個字。

母親的手不寫自己的名字。

母親的手也不擦自己的眼淚。

2

從小生活就苦，那有什麼眼淚可擦？受苦的人沒有流淚的權力，受委屈的人又怎麼敢流眼淚？好在，母親雖是童養媳，受苦，卻不必受委屈。二十歲以前是女兒，二十歲以後是媳婦，女兒與媳婦，祖母一樣疼惜。姑姑上山，母親也上山；姑姑下田，母親也下田；姑姑受苦，母親也受苦；姑姑不必受委屈，母親也不必受委屈。女兒兼媳婦，祖母更加疼惜，母親是不必受委屈的童養媳。

不必受委屈，並不等於沒有委屈；沒有祖國的人，比沒有娘家的人更加可憐；沒有祖國的愛，比沒有父母的愛更加悽慘。真正的童養媳，是沒有祖國的人，是沒有祖國照顧的人。那時候的朝興村，那時候的台灣島，全村全島都是可憐的童養媳，從小就失去父母國的愛，從小就失去父母國的疼惜，任海浪侵襲，任太陽炙烤，裸露在鞭聲笞擊裡，忍受著全然不能解的委屈。朝興村，台灣島，可憐的童養媳。

母親的手不必擦自己的眼淚，要擦時代的眼淚，擦厝邊姊妹的眼淚，厝邊阿嬸的眼淚，厝邊阿嫂的眼淚。她們的父親死於災疫，她們的腿傷於機關槍的掃射，她們的兄弟拘留二十九天未回，她們的夫婿充軍南洋，不知道是否成了炮灰？

母親的手，擦時代的眼淚，一面擦，一面落淚。

一面擦，一面落淚。

日據時代，沒有祖國的愛，比沒有父母的愛更加悽慘。看見四腳仔，要跑，看見米國的飛機，也要跑。到底誰打誰？到底我們怕誰？

可憐的童養媳，到底，我們怕誰？到底，我們是誰？

母親不知道，不知道那個時代，為什麼那麼多眼淚？傷心的人要加以安慰，受苦的人要互相扶持。母親的手，只知道擦時代的眼淚，只知道扶持受苦的人。母親的手，曾經上山砍柴，曾經下田割稻，曾經受過多少苦、多少災厄，她願意扶持受苦的人。

3

二十一歲生長女，二十五歲生長男，十四年之間生下三男二女。母親的手，仔細摩挲我們的小臉，仔細調理我們的衣食，像一陣春風，春風裡我們喜孜孜地萌了芽；像一陣夏雨，夏雨中我們喜孜孜地抽長著。母親的手，傳達了她心中的愛與溫暖。

最髒的嬰兒的屎尿，最臭的雞、鴨的糞便，母親的手穿梭在其中；滾燙的熱水，淒冷的北風，母親的手從不躊躇，從不落後；發燒的額頭，受傷的心，母親的手總是最先趕到。所有的撫慰不如母親的手，輕輕環擁。

煮飯、洗衣、劈柴、捆草，母親的手在風中、水中、火中。母親的手是廚師的手、裁縫的手，樵夫的手、農人的手，護士的手、魔術師的手。母親的手為姊姊挽面，母親的手為我們兄弟剃頭，我總喜歡閉上眼睛，感覺母親的手在頭上、臉上，輕輕游移。

孩子出生以後，台灣光復了！光復？是不是出頭天的日子到了？自己當家作主的日子到了？免於恐懼的日子到了？是不是自己田裡的收入歸於自己？是不是孩子們可以在自己的土地上盡情遊戲？台灣光復了，母親的手更忙，忙著光復自己的土地。三七五減租，收成屬於我；耕者有其田，土地屬於我。忙著光復自己的語言，多謝就是多謝，不免「阿里阿多」，歡喜按怎講就按怎講。忙著光復自己的神明，初一十五準時拜，拜神拜祖宗，母親的手更忙了！

因為孩子要長大，米不夠吃，吃番薯，番薯不夠吃，吃番薯籤脯。肉沒得吃，吃菜，菜沒得吃，吃菜脯。山上栽樹薯，樹薯磨粉可以吃；田裡種黃麻，黃麻摘芽可以吃；厝邊長豬母乳，豬母乳也可以吞嚥。因為孩子要長大。

母親的手更忙了！

這時台灣才真正光復，是母親的手使台灣真正光復，一步一步的光復。勤勞的手，節儉的手，一步一步恢復台灣的生氣，一步一步累積台灣的財富。不停勞動的手，是推動搖籃的手，推動千百條微血管，匯成台灣經濟大動脈的手。母親的手，光復的手，台灣的臉色逐漸紅潤，台灣的生機逐漸旺盛。光復！這時的台灣才真正光復，從荒蕪與貧窮中光復。

因為孩子已經長大，從屎尿中長大，從困險的環境裡長大，從母親的手中長大，從荒蕪與貧窮中長大，母親心中的愛與溫暖，在孩子的心中長大。

新的氣象，從母親的手，逐漸升起，逐漸氣象萬千。

4

母親沒有選擇的權利，只能選擇父親；父親沒有選擇的權利，只能選擇母親。這是信諾，中國人的信諾，這是倫理，台灣人的倫理。嫁雞隨雞飛，嫁狗隨狗叫。母親的一生就這樣篤定跟隨父親飛，跟隨父親叫。

父親的脾氣有時來得快而且猛，母親總是低頭無語，母親低頭無語，就消融了一場可能的戰爭。父親永遠快一步，走在前頭，母親永遠落後一步，跟在後頭。他們的手，什麼時候平行相牽呢？

即使吃飯，也要一前一後，母親總有忙不完的家事，大家上了飯桌，「你們先吃，我去收拾收拾。」「你們先吃，我去餵雞。」「你們先吃，我去掃門口埕。」

「你們先吃。」母親，第一個起床，最後一個吃飯，先天下之憂而憂，後天下之樂而樂，即使剩菜殘湯，還不忍多吃一口。

生活即工作，母親的手從未停歇過。改變工作就是休息，任勞任怨，母親的一雙手締造了生命，豐富了生命。上對公婆，中對夫婿，下對子女，照拂著三代。凡事，能忍的就忍了，能讓的就讓了。只要是工作，撿起就做，農事家事，事事關心，屋裡屋外，忙進忙出。陀螺一樣的轉，算盤一樣的精，母親的身體怎樣去負荷這一切？

瘦弱的母親，在廣博的大地上。我常想：這是生命的原生地，生命的維護者。水有源，火有種，樹有根，木有本，瘦弱的母親在廣博的大地上，形成一個富於象徵意義的構圖。或行，或跪，或挖，或植，母親是生命的大地，我們在母親的懷裡成長；大地是生命的母親，我們在大地的胸前茁壯。

瘦弱的母親，在廣博的大地上，或行，或跪，或挖，或植，形成一個富於象徵意義的構圖，我們在其中吮吸、飛揚！

5

纖纖玉手，以舶來的美膚霜保護，以舶來的指甲油粧飾。只用拇指和食指輕輕夾著舶來的護唇膏，讓無名指、小指高高翹起。多麼高貴華美，這樣的纖纖玉手，不是母親的手！

母親的手，以真正的風霜熬煉，以自然的雨露滋潤，總是緊緊握住她所要做的事，不一定力勁十足，卻是全心全意不分神，汁泥弄髒了雙手，塵垢滲進了指甲縫，洗淨了泥垢，仍然是高貴華美，健康的、母親的手。

母親的手，粗糙的是皮膚，細膩的是功夫。一樣的番薯，可以有幾種不同的吃法；一件長裙，可以翻改為短裙或短褲，縫縫補補也能是圍裙或圍兜，魔術師一般，無變成有，一變成三。母親的手，好像就是以兩條魚、五個餅，讓五千人吃飽猶有剩餘的，那雙手，創造了奇蹟，仍然是親切的引導我們的，那雙手。那雙手為我們粗糙，為我們流血，為了我們，被釘在十字架上，還不忍喊一聲「痛」！

永遠不忍喊一聲「痛」！母親的手。

水的浸泡，火的烤燙，酸與鹹的侵蝕，日與月的刻畫，為我們的美與真付出她的青春，那是母親的手！

逐漸老邁、憔悴的手，逐漸蒼老的、逐漸無力的，那是母親的手。為我們的美與高貴，逐漸憔悴！

6

逐漸憔悴的，母親的手，還不願從生活中退休。田裡的事少了，因為田少了，稻米不種了改種芭樂。家裡的事少了，因為人多了，媳婦們都進了門接掌家務。突然閒下來，滿身不自在，母親的手，仍然東摸摸西摸摸，找一些輕便的事做做。

很多農村的女孩湧到工廠去了，母親說：我也去吧！削削蘆筍，切切鳳梨，這些事我還做得來！母親帶著便當，擠著交通車，跟著其他同年齡的嫂嫂、嬸嬸，到了工廠，跟很多農村的女孩一樣，在輸送帶旁，在溝槽邊，削削蘆筍，切切鳳梨，為台灣的經濟起飛貢獻心力。

跟很多農村的女孩一樣，從早忙到晚，匆匆吃著午餐，趕工趕工，加班加班，輸送帶二十四小時不停地轉，溝槽邊的手不停地飛動，外銷的罐頭一箱一箱地上了車，上了船，上了船的外銷加工品，隱藏了多少少女的青春，多少母親的血汗。台灣的經濟起飛了，跟很多農村的女孩一樣，母親只拎回薄薄的薪資袋。

母親的手軟了，血壓升高了，我們說：不要去吧！削削蘆筍，切切鳳梨，這些事也是很勞累！母親帶著便當，擠著交通車，跟著其他同年齡的嫂嫂、嬸嬸，到了工廠，跟很多農村的女孩一樣，她們也沒有工會組織，也沒有勞工保險，她們只是臨時約雇員，工廠怎麼算工資，她們就怎麼拿。趕工喔！趕工。加班吧！加班。是勞工卻不一定有保險，跟很多農村的女孩一樣，母親六十歲的手，仍舊為台灣的經濟起飛而揮動。

沒有保險的，母親的手，終究在溼滑的工廠裏摔斷了，工廠的管理員趕快將她送醫，「醫藥費，工廠全部負責，但是，請不要張揚出去！」看了中醫，接骨師說：六十歲的手很難恢復！照了X光，骨科大夫說：要觀察兩個月才知道癒合了沒有！

摔斷手的母親，終於有時間仔細審視自己的手，六十年，一甲子，這一雙手已經會發抖了，「手尾已經無力了！」摔斷手的母親，不怨天，不尤人，她說：「這攏總是命！」完全是命嗎？愧疚的我們第一次這樣仔細審視母親的手。

從少女到老婦，母親的手是不是刻畫著台灣島興旺的痕跡，是不是刻畫著我們成長的紋路？這樣乾皺、瘠瘦的手，曾經多麼有力！山林、農田、工廠、大廈，母親的手，開展出一幅嶄新的風景，我們在風景中，是不是努力去審視、去執握、去撫慰母親的這一雙手？

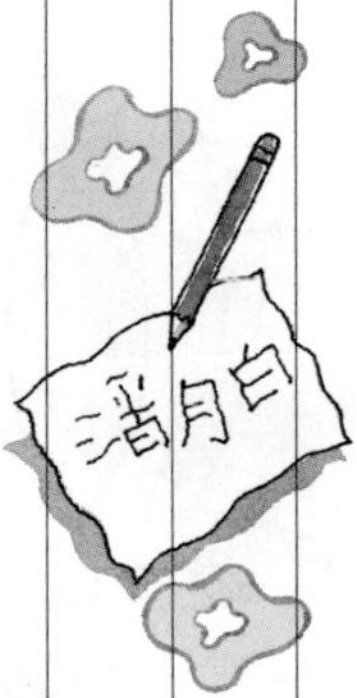

蘿蔔乾是窮人家的人參

蘿蔔，台灣話叫「菜頭」，可以跟「好彩頭」諧音，所以和鳳梨諧音為「旺來」一樣，都成為祝賀人家當選、高中時的好禮物。這樣的習俗，大約是近二、三十年新養成的，至少我小時候冬天送人家菜頭跟春天送人家竹筍

沒有兩樣，只因為我們家收成菜頭或竹筍豐厚，分享親友、鄰居而已。

至於菜頭為什麼要叫「菜頭」，恐怕也只是因為蘿蔔有一個胖胖白白的身軀，形似小嬰孩的頭罷了，與領導階層的帶頭作用，營養價值為菜蔬之首等等，似乎無關。雖然大陸農村流傳「冬吃蘿蔔夏吃薑，不勞醫生開藥方」的諺語，相傳它具有行氣功能，有著止咳化痰、除燥生津，下氣消積、解毒利尿等多重作用，不過，小時候吃中藥，醫生總會叮嚀不要同時食用蘿蔔，說白蘿蔔甘辛微涼，功能偏「利」，所以，我們也搞不清楚到底它是好東西還是壞東西。

冬天時，老家牆角總是這邊堆一大堆蘿蔔，那邊堆一大堆番薯，高度幾乎碰觸到稻草屋頂，但內心裡從沒有「好彩頭」的念頭，反而矛盾著：不知道該慶幸蘿蔔、番薯的豐收，還是悲傷日後的三餐永遠是主食：番薯籤飯，主菜：蕹菜或菜頭、菜脯或醬筍的循環？

蘿蔔可以切片生吃，切塊煮湯，元朝詩人說是「熟食甘似芋，生吃脆如梨」，在味覺享受上頗得幾分神似。蘿蔔還可以磨成泥，微量時，與醬油和在一起成為新佐料，吃油炸番薯片藉它去油膩、增滋味；大量時，與米漿和在一起，炊煮成「蘿蔔糕」，受歡迎的程度與「甜糕」無異，當然，這種歡欣的心情也跟時序接近過年有關。爸爸手巧，興致好的時候，還會在蘿蔔身上雕刻五官、小動物的形象，或者鏤刻成燈，在窮苦的日子增加一些小樂趣。阿嬤會將蘿蔔醃製為溼潤微鹹的「醃蘿蔔」，類似日本便當的黃蘿蔔片、韓國人的泡菜；或者久晒久壓，完全去汁，醃製為「蘿蔔乾」，可以久藏數年，這是道地的客家習俗、閩南文化，任何人都可以在這樣深褐的蘿蔔乾上看見歲月的跡痕、看見節儉的民族習性。

蘿蔔，台灣話叫「菜頭」，「蘿蔔乾」則叫「菜脯」，這是一個有趣的專有名詞，其他蔬果如花椰菜、龍眼、梅子，曬乾、脫水，全都稱為花椰菜乾、龍眼乾、梅子乾，無一例外，譬如客家菜的「梅乾扣肉」，梅乾是梅菜乾，是晒乾的梅菜，直接就用乾。唯有「脯」這個字，卻專屬於久晒之後的「菜頭」，這其間有沒有先民久藏的蘊義呢？

在台灣話裡，「脯」字之音同於「補」，一指東西乾、扁、癟的樣子，另一就有進補、補救之意，是不是因為久藏以後的「蘿蔔乾」有著滋補的功能，「蘿蔔乾」特別叫作「菜脯」？國語辭典裡，「脯」字的第一義是「乾肉」，《周禮．天官》膳夫疏：「不加薑桂以鹽乾之者謂之脯。」這是只加鹽巴、不加香料的乾肉，後來又用來稱呼「果實之乾者」，所以，合理的推論，是否「蘿蔔乾」也有肉脯的滋味或營養價值，才叫「菜脯」？小時候我曾想過這個問題，找不到恰當的解說，一直疑惑至今。

前些日子全系師生聚餐，我建議到濁水溪畔一家「阿嬤的菜脯雞」吃飯，我跟東北籍的廉教授同桌，為了讓他快速明白「菜脯」是什麼，我說：

「菜脯就是蘿蔔乾，是台灣鄉下窮人家的人參。」我這樣說其實也有一些根據，就長相與營養價值而言，蘿蔔真有「土人參」的別名，醃製的蘿蔔乾越是陳年售價越高，傳說就是因為「越補」。有錢人吃「人參雞」，我們只能以「菜脯雞」、「狗尾雞」（狗尾草的根與雞肉合燉）聊以解饞，聊以安慰自己也有進補的機會。

廉教授點點頭，我笑著說：「東北人吃人參，我們吃菜脯。今天您就跟我們一起吃菜脯吧！」向來為同仁、學生敬重的廉教授，拉著我的手說：「蕭蕭啊！不是所有東北人都有人參吃啊！」

當時我心中一凜，「吃菜脯」曾經是台灣人吃苦的象徵，「吃菜脯雞」

卻已經是今天台灣人偶爾的奢侈，生命中的「人參」，不一定要是東北或韓國天字號的人參啊！

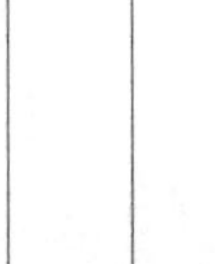

卷二

跟朋友一起發光發亮

我們與屈原的後代為鄰

小時候阿嬤最常跟我講一句話：「恁阿祖是秀才哪！」所以，我深深相信：我，當然是秀才的後代，心中自有一種莫名的榮譽感、一種無來由的責任心，彷彿應該去復興中華文化，至少也要去那裡振臂高喊一些什麼。長大以後，閱讀我家祖譜，才發覺阿嬤太客氣了，其實我們更應該是帝王之後，南朝齊高帝蕭道成（西元四二七—四八二年）、梁武帝蕭衍（西元四六四—五四九年）之後，等到讀了劉禹錫「舊時王謝堂前燕，飛入尋常百姓家」，心中更明白我們家三合院「大廳」屋梁上為什麼會有那麼多燕子結巢，我們已經是尋常百姓人家了！

後來總是期待著，會不會在哪一個不起眼的路口，或者某個不一定出色的生命轉角，遇到李太白、蘇東坡的後裔子孫，好長一段時日，可惜連個桃太紅、蘇西坡都沒遇著，沉寂了好長一段時日，古人只在書上才跟我們侃侃而談或者靜靜對視。

二十一世紀都已經過了十年，三月中，明道中文系羅主任突然慧黠地問我：「老師，你知道彰化市有個屈家村嗎？」雖然我非彰化文史工作者，但彰化是我出生的地方，是我家鄉，彰化俗諺略有所知，「大村賴賴趖」是指大村鄉到處是姓賴的人家，如台灣新文學之父賴和就是大村、花壇人，學醫有成後才在彰化「市子尾」懸壺濟世；「社頭蕭一半」當然是說我們蘭陵蕭氏聚居在社頭、田中一帶，占了一半以上的人口；「鹿港施了了」，那是說鹿港、福興地區幾乎全是施姓人家，台灣有名的施家三姊妹施淑、施叔青、李昂（施淑端），他們的小說享譽華文世界，沒錯，她們來自中台灣文化古都鹿港小鎮。但——坦白說，我聽過粘家莊，沒聽說屈家村。

立刻我們打了幾通電話請教彰化文史工作者，結果一無所得。上網吧！我說。

這次，果真查到彰化市寶廍里有二、三十戶屈姓人家，近兩百名屈姓宗親聚居在寶廍里十二鄰。羅主任說，湖北秭歸縣是屈原故里，去年新落成「屈子祠」，文化界人士有意組團來彰化尋訪屈原後裔，我們一起協助這次的兩岸文化交流吧！

三月的最後一個周日，我們依約來到寶廍里十二鄰一戶屈姓長老家，開闊的門口廣場擺置三、四十盆沙漠玫瑰，屋子西邊空地搭建納涼小亭，亭後低窪農田栽植蘭花、玉蘭花以及其他親水性花卉，彷彿看見失落在鄉野的香草，獨自散發芬芳。

屈家長老說他不識字，一九六〇年代卻知道恭刻屈大夫戴帽神像，從高雄迎靈回彰化，供奉在當地民間信仰中心泰和宮，從此泰和宮又稱為屈原廟。四、五十年來，屈家子弟選擇端午節這天聚會，在屈原神像前擲筊杯決定主事的爐主，年年如此慎重決定族親相聚大事。長老說他的上一代也不識字，何以知道「五日節」（端午節）這天除了吃粽子、划龍船，竟會是家族聚會的固定日期，不論遷居多遠的地方，扶老攜幼也要在這天趕回老家，這是什麼樣的文化傳承？多遙遠的祖靈呼喚？華文世界第一個有名有姓的詩人屈原，在他有名的自傳性長詩〈離騷〉裡，鄭重介紹他父親的名字伯庸，提到他的姊妹女嬃，他自己又曾擔任三閭大夫，掌管楚國昭、屈、景三姓貴族的族親大事（閭是里巷大門），顯然他是一個重視家族倫理，有情有義的男子，因而他的後代子孫也傳承了這種親情、家規嗎？

湖北秭歸，屈原故里，根據北魏酈道元《水經注》所引東晉袁山松《宜都記》的記述：「秭歸，蓋楚子熊繹之始國，而屈原之鄉里也。原田宅於今具存。」從戰國到北魏、東晉間，歷經多少戰火，屈原田宅未受損害，這是屈原鄉里人的情義，對屈原永恆的崇敬與護衛。傳說秭歸縣名是因為屈原遭讒被放時，屈原姊姊特地趕回老家寬慰他、鼓舞他，其情其境，令人感動，鄉人因而將縣名改為「姊歸」，後來演變為現在專屬的「秭歸」，姊弟情深是秭歸縣人共同的血脈搏動，是屈姓子孫累世不易的信守。從秭歸縣文化界萬里尋親的舉動，從屈氏後裔五月五日宗親聚會的歷史堅持，我們見識到血緣、地緣、親緣、情緣的無形能量。

有趣的是，「秭」是一個極大的數量單位，十萬叫作億，十億叫作兆，十兆為京，十京為垓，十垓為秭。如果依照成書於四、五世紀《孫子算經》一書的記載：「凡大數之法，萬萬曰億，萬萬億曰兆，萬萬兆曰京，萬萬京曰垓，萬萬垓曰秭。」「秭」又大了一萬倍。「姊歸」——「秭歸」，是不是姊弟情深的親情倫理，會帶來更大的能量、更多的財富？

三月的最後一個周日，我望著國道一號、三號相互交流的彰化交流道下方，屈家村的稻埕上，想著這個問題。那交叉在景觀公園的高架交流道，彷彿飛龍在天，盤旋頭上，若是，如龍一般遁水而去的屈原，又會在哪裡守護著一江流水、一汪海洋？這些屈家子弟應該學習在天的飛龍，乘勢而去，還是守護水澤，等待雲動、風起、水生，一如屈原選擇「潤下」的水的最初本質？

其實，沒有答案的。就像沒有任何DNA可以驗證他們是，或者不是屈原的後裔。這時我想起老家祖墳上的「書山」二字，那竟然是福建省漳州府南靖縣「書洋山」的簡稱，憑著這兩個字，我輕易找到九代以前的先祖，是從南靖土樓群前方兩公里處離開他的家鄉的。──所以，你們的祖墳呢？

屈家村的兩位中年族親，騎著兩輛摩托車，載著我奔往和美方向的公墓，清明未到，我們走過雜草叢生的墳頭，一再辨認哪一座才是他們最古老的祖墳。我黑色的皮鞋陷入砂質性的塵土裡，拔出又陷入、又陷入，彷彿那唯一可以辨識的線索，依稀在望，又陷入塵煙裡。

最後終於找到一座「道光」年間（西元一八二一—一八五〇年）的屈氏祖墳，可惜無法在墓碑上找到秭歸、歸州、宜昌或楚地的任何蛛絲馬跡。但至少證明兩百年前，他們的祖先已經在這裡落地生根了，那時，這裡的地名或許就已叫作「五塊厝」，五間房子，五戶人家，五個堂兄弟，就這樣住下來，五月五日他們朝著西北方，供著粽子，遙念著如龍一般遁水而去的先祖。這樣的祭祀，不需要識字，不需要經書，它們是生活的一部分，就像詭奇的神話是〈離騷〉的一部分，血脈是身體的一部分，風是大自然的一部分。

穿著灰了頭的黑皮鞋，頂著一張塵滿面的灰頭髮，我們又在十二鄰鄰長的門楣上、隔壁鄰居的門楣上，以眼睛、以相機，一再拓印不一樣的字跡卻是相同筆畫的「臨淮衍派」。「臨淮衍派」，沒錯，這是屈姓人家，沒錯，這是最靠近淮河、長江，最靠近屈原可能出沒的水澤了！「臨淮衍派」這四個字，或許是目前最可掌握的證據，證明他們是鄰近淮水的那一族屈姓人家。

秭歸來的鄉親會高興，他們崇敬的屈原不僅是神，還是真真實實的人，因為他有隨著江水、隨著海水，來到可親的彰化水澤邊的後裔。

彰化的鄉親會高興，我們有寫出第一首台灣新詩的謝春木（追風）在海濱，我們有林亨泰、吳晟、詹澈等新詩人在濁水溪畔，我們還有應用漢字寫出第一首騷體作品的屈原的後裔，來到大肚溪邊，跟我們一起蒔花養蘭，一起流血流汗，澆灌台灣土地。

城堡的想望

有那麼一個人，在可親的土地上，呆呆地坐著、望著、想著，或者不想、不望、不坐，只是呆呆地站著——我覺得這就是一種最單純的幸福。

很小很小、會跑會跳的時候，我的遠眺記憶就從這樣的畫面開始，有時

是呼嘯著的一群精靈，有時是被家事、農事所忽略的一顆星，跑跑跳跳在社頭八堡圳南北向的堤岸上，我喜歡偶爾停下來，隨時隨意停下來，向西邊望過去，深深一口呼吸，那是一無止盡的田野，直到地平線外，直到西下的紅夕陽的背後之後，直到風聲消逝的比遠方更遠的地方，綠、野著，田、野著，而我靜靜地望著，不為什麼地望著那片田、那片綠、那片率直的野。

這時我所站立的八堡圳堤岸，與那一片田野有著兩層樓高的落差，是的，依照我們後來對城堡的理解，我是站在城堡上，可能的一個巡訪的小堡主，或者想像的帥氣小王子，事實上，當然是現實人生裡一個小小的「農的傳人」。誰知道呢？或許我在等待荷鋤的堡主，肩上還挑著一籮筐的菜蔬；

或許我在瞭望遲歸的父王，滿足於他巡視過的田水一無差池；或許我只是呆呆地守候一顆黃昏星，或許就那麼單純地喜歡那種站在城堡上的感覺，一種獅子座的尊榮。

後來我的城堡擴大了，我登上八卦山山腰處的「火巷」，在火巷周圍撿（剪）樹枝回家當柴火，或者單純嬉戲漫遊，瞭望田園的盡頭會是什麼樣的海峽？什麼樣的雲霞？所謂「火巷」，是任何山林必備的一條防火巷，防備萬一發生森林大火時可以圈定有限的範圍，不至於蔓延無辜的地帶；防備萬一發生森林大火時，救火車可以快速抵達，從富庶的員林，或者水源豐富的田中、二水。如今清水岩東邊這條「火巷」，已經全面鋪上柏油，開闢成自行車專用道，可以騎車、健行、養生，卻也依然保有火巷的消防功能。初中階段，初老時期，不同的人生的兩個時段，為著不同的生存需要，我常在這條火巷上或行或走，西側可以看見濁水溪北岸所有的田園，更廣更遠的土地。東方，我一直知道那是穩健的八卦山岩，可以依恃的一堵防風的牆，一條堅實的臂膀，這就是我小時候的大城堡，圈擁著生命中簡單的幸福。

雖然一直確確實實知道小時候的城堡不是真正的城堡，但是那又何妨呢？

讀中學、大學時，我會將學校、圖書館當作自己的城堡，它們都給我一個自主而又可以豐富自己的空間，隨時轉換內心灰暗的場景，一堵一堵書牆所圍繞的書房，以及因而產生的冥想天地，當然就是屬於我自己私密的最小的城堡。——有那麼一個人，在自己的土地上，呆呆地坐著、望著、想著，或者只是呆呆地站著——這不就是一個「堡」，這不就是一種最單純的幸福？

這樣的堡，在我的散文裡一直出現著：八卦山的蟬鳴，濁水溪低沉的滔滔聲，無盡的油菜的黃綠美感迤邐到天邊，以及詩文字的異想奇思，翻湧著一股股新浪潮。雖然從小在困頓的環境裡長大，但是這種單純的「堡」的幸福感卻也同時漾蕩在心底，抵拒了多少冷霜、災厄與瘟疫。

但是，我一直沒見過歐式的、法式的古堡，只能想望五十平方公里綠色的樹林裡，隱隱約約穿過一條藍色的河流，隱隱約約呈現一座灰白色的五百年歷史的城堡，隱隱約約飄散著文藝復興式的古典與浪漫；德國的新天鵝堡、瑞士的西庸古堡、荷蘭的豪斯登堡，法國羅亞爾河最華麗歡愉的香波堡，只能想望；那種純哥德式、哥德式與古典式融合、或者純文藝復興式的建築，挺拔著文明的驕傲，古樸著優雅的氣度，只能想望；那一衣帶水的奧藍蜿蜒，那黛綠分合的雅緻，或者葡萄的紅紫可能帶來的醺然，只能想望；只能想望小禮拜堂裡十七世紀的細緻壁畫，廳堂上黑檀木櫥櫃嵌鑲的白象牙，地窖裡醉入酒香的橡木桶群，以及它們所散發、洋溢的幸福氛圍……

如果再加上一襲純白色的婚紗……

再加上新郎深情的注視……

當我知道學長林明德的令嬡佳瑩賢姪女就要在這樣的法國古堡中進行婚禮，半年來心中彷彿也含融著濃郁的巧克力，充溢著浪漫與幸福的香甜氣息。佳瑩自幼在父母親環擁的城堡裡，盈滿著詩與禮的氛圍中充實自己，是許多詩友心中乖巧的女兒、理想的媳婦，如今遠在法國建立自己幸福的城堡，我們衷心祝福：她們的城堡像她們的父母那樣在穩固中瀰漫人生智慧，還要加添香檳式的喜樂與浪漫，一如古堡久久長長，恆保藝文的底蘊芬芳。

要從種田的父親白天耕田、晚上讀小說，日夜辛勞中感受；要從父親不同學流露出來的民俗文學底蘊裡體會；要從父親一輩子為農的困苦卻永遠樂觀待人的生命哲學裡感悟。

我家庭院獨自站在三合院的一角，聆聽歷史轉側時細微的嘆息聲。想想：如何讓十七世紀的三合院也可以是這個世紀的大世界，繼續嗎？這樣靜的三合院，已經不太平靜的外面田野。

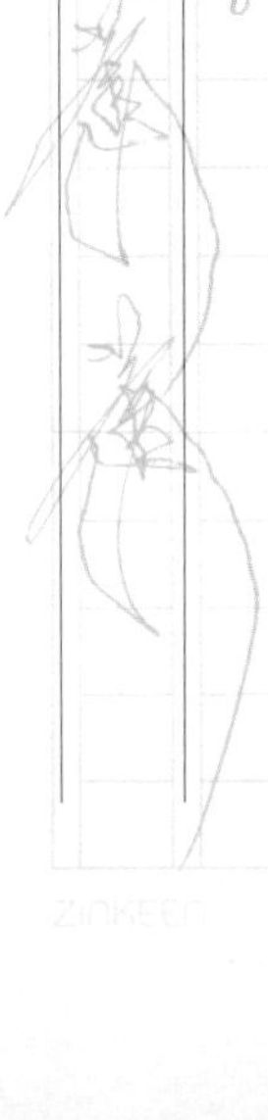

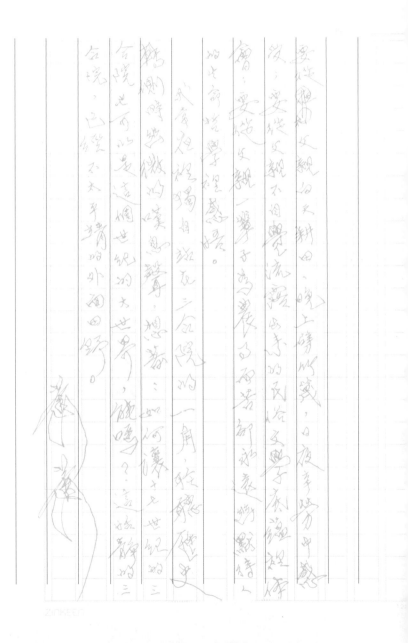

跟朋友一起發光發亮

1

有沒有那麼一次，有沒有那麼一個人，跟你抱著頭哭著、笑著、激動地說：下輩子還要跟你作兄弟！

有沒有那麼一次，深夜三點，在自己的小房間裡踱來踱去，煩躁得像一

隻轉盤裡的小老鼠，幾度拿起電話筒，不知撥哪個號碼？幾度猶豫：撥了號碼會不會對方說：幾點了，煩不煩？——簡單的說，你有沒有一個不管多晚、多早，不管你說了多長、多無聊的話，都不會嫌你、氣你的人？

如果你有一個，僅僅一個，你也是值得恭喜的人。

2

「朋友」兩個字怎麼寫，你會，但是你一定沒有查過辭典「朋友」是什麼意思。朋友就是朋友，還會有什麼意思？你一定這樣嘀咕。

我想的卻是：如果沒什麼意思，為什麼要成為朋友？

朋友，不就是有意思的人嗎？有意思的人才要在一起啊！有意思的人跟有意思的人在一起，那就更有意思了！我有一個二、三十年的朋友，有他在，逗笑的俚諺、有趣的掌故、同音字的延伸，滾滾而出，有些笑話我已經聽了上百遍，聽他一講，一樣忍不住笑出聲音，有意思就是有意思，朋友就是有意思。

3

如果說朋友就是有意思的人，那顯然還是沒有查過辭典。

朋友啊！「朋友」，到底是什麼意思呢？

漢朝一個很有學問的人叫鄭玄，他博通諸經，十三經註釋過八部以上，他說：「同師曰朋，同志曰友。」

這樣看起來，「同師曰朋」，跟我們同班、同校的同學，跟我們同一個老師的學妹、學長姐，都應該是我們的好朋友哩！

「同志曰友」，說的是不同師門的人，卻有相同志趣，願意共同奮鬥的人，也是我們的好朋友啊！一個喜歡音樂的基隆人跟一個喜歡音樂的屏東人，就是同志；一個愛好新詩的花蓮人跟一個愛好新詩的苗栗人，就是朋友。甚至於，談到壁虎就興奮的人，一聚在一起，很快就成為朋友；一談到石頭的醜、漏、皺、瘦，就話題不斷，他們一交換名片就是同好。

這樣的朋友，還真有意思。

4

還有一位也是姓鄭的有學問的人，他是第一位台灣土生土長的進士，所以有「開台進士」的美譽，他是鄭用錫。

我喜歡鄭用錫對「朋友」的解說，他將「友」字析成「兩手」，「朋」字解成「兩肉」。「朋」字解成兩肉，你一看就懂，「月」可以解讀為月亮的月，也可以解讀為「肌腱」左側的部首「肉」，所以「朋」是兩片肉所形成。但是，「朋」是兩片肉是什麼意思，這又讓人費解了。這時需要再去了解「友」是「兩手」的含意，將「友」字四畫分成上下兩半，都可以寫成篆體的「手」（類近向左開啟的兩個扁平的半圓相疊在一起），「友」字寫起來是四個半圓喔。這樣解析以後，鄭用錫說：「朋友如一身之左右手，即吾身之肉也。」

朋友跟我們長相左右，就是我們的左右手，就是我們身上的肉，身上的肉是不可以切割的啊！

5

「朋」字真的可以解成「兩肉」嗎？如果查過字典，就知道「朋」字是要查「月」這個部首的，不過，「肥胖」、「肝肺」你知道要查部首「肉」，「胡、能、期、望」這四個字，可以分辨得出到底要查「月」或「肉」呢？

中秋「月」餅，四個字，真正的台灣話念起來是：中秋「肉」餅哩。瘦瘦的「月」，台灣人是念作胖胖的「月」（肉）。

所以，台灣首位進士說「朋」从「兩肉」，朋友是我們身上的肉，想得多周全，講得多踏實！

6

查字典時，「朋」字還是要查「月」部。「月」部的「朋」會是兩個什麼樣的月所組成？

我最敬佩的詩學老師葉嘉瑩，她的老師是《人間詞話》的作者王國維，換句話說，王國維是我老師的老師，他認為古代的人以貝殼為貨幣（那海邊的人是不是比較有錢？我們山邊的孩子應該建議改用石頭做貨幣，可惜古代的人來不及改了），五貝叫作一串，兩串叫作一朋。經他這樣一說，仔細看看「朋」字倒真的象「兩串貝殼」之形，彷彿風一吹，還會發出丁丁晶瑩的翠玉聲。

作為王國維的學生的學生，雖然不喜歡喝酒，但是想到《詩經》上的「百朋」、「朋酒」的「朋」字，朱熹這樣的大儒都解釋為「兩尊酒」，回過頭再仔細看看「朋」字，彷彿真有兩壺酒並立在那兒，散發著淡淡的酒香哩！

乾脆，我們都跟朋友說：你是我的月亮，我也是你的月亮，你發光時我為你反映光芒；我發光時，你幫我擴大照射的範圍，讓世界都因為我們這對朋友亮起來，亮起兩個月亮的光芒。

7

朋友既然是兩個互相照應（照映）的月亮，那就要注意不要一個常常是滿月，一個卻是長期處在月偏蝕的地步，孔子說：「無友不如己者」，不要去結交不如自己的朋友，積極一點說，朋友要相互提攜，不讓對方比不上自己，也不讓自己處處落後。那才是兩個互相照應（照映）的月亮。

月亮不會一直圓，也不會一直黯淡，幫助那些黯淡期的朋友，放出他的亮光，這才是朋友！

雨的樹・水的樹・含羞的樹

看過文人畫家畫的文人畫，乾硬的陸地占有畫紙的五分之二，上面長一棵挺拔的樹，其餘五分之三的畫紙則是汪汪一片水藍，飄著一隻疲累的木船。

那木船疲累的說：好想恢復為一棵樹，只要站著，陽光會來照臨，雨水會來滋潤，禽鳥會來吱吱喳喳，說一些天涯的八卦，藍天則是什麼也不說，深情的眼深深凝注著看，彷彿全心的愛悄悄透露。——只要站著，那就是生命的全部，生命的完成。

那樹卻以欣羨的眼光望著船：好想成為一條船喔！五湖、四海，總有遊不完的逍遙遊，微風、海鳥，總有說不完的新鮮事，島嶼、海灣，總有賞不完的風情畫。想轉彎的時候可以小小一轉，想波動的時候可以逐浪隨波，想怎麼動就怎麼動。——能動，才是生命啊！

樹是對的，還是船呢？

作為靜靜一旁觀賞畫境的人，不免陷入沉思。

這種沉思，是我面對擬人化的植物時，常常不自覺深陷其中而無法自拔的。小的時候喜歡蹲在含羞草旁邊，輕輕拂觸她的葉片，看她迅速斂容的一副嬌羞模樣，就像自己怯於面見生人的那份窘態，我常想：她在害什麼羞呢？我在擔什麼心呢？我所害怕的也是她所擔憂的嗎？

長大以後在淡水河邊，看著水筆仔，一樣發呆，她們是將孩子養成為小小的成嬰，才將他們輕輕放入海水、淡水交會的地方，任其生長。她們不像其他的樹以花、以果、以種子，隨風、隨水、隨人去飄灑，那會是怎樣的一種母性呢？

有一次去高雄中山大學拜訪詩人余光中，趁他還在午休，我先在校園閒逛，遇到兩棵樹，樹圍需要兩三人牽手才能合抱，樹皮黯黑皸裂，好像老農夫的腳踝，頭狀花序在枝端腋出，花絲細長，粉紅色彩展放為球狀的粉撲。整棵樹就像一個上了年紀的男人，襟上插著一朵又一朵的紅花，他在慶賀著什麼呢？那種喜孜孜的樣子，那種喜洋洋的神氣，讓我呆望著！同行的朋友說：這是雨豆樹，含羞草科。我又愣住了：這麼大的樹跟含羞草一樣是含羞草科？

朋友也愣住了：老男人不可以有羞怯的時候嗎？

這時，我真的羞怯了起來！

含羞草，草本植物，高約二十公分；雨豆樹，落葉喬木，高可二十公尺。

含羞草，葉片被輕觸時，葉托會放出水分而使葉片下垂；雨豆樹，快下雨時，因為水分充足葉托會有輕折的現象，仿若葉片閉合。

含羞草，往往躲在綠蔭裡；雨豆樹，形成大樹蔭讓人乘涼。

她與他，有著這樣的不同，卻一樣開著粉撲狀的的頭狀花序，一樣有著羞怯的本質。這不像六十年來我仍怯於啟齒，不敢上台說一些場面話嗎？

原來，我也是含羞草科的植物，水來，我就順服，如雨豆的葉子。

壁虎與蜥蜴之間

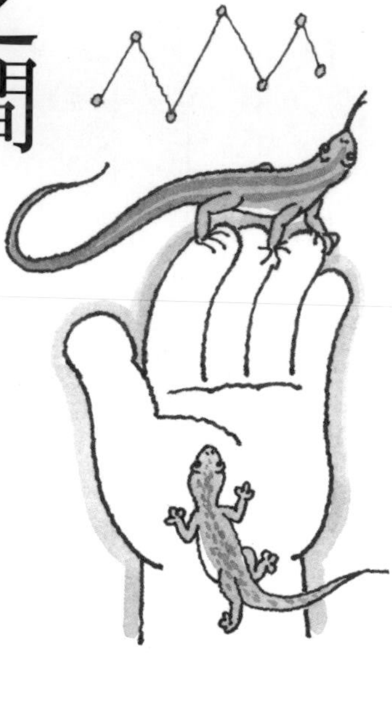

九月份，又有一批新鮮人在明道的校園草原，故意放慢自己的腳步，學著草地上的白鵝家族，晃著自己的軀體，呼吸空氣裡的香甜，其實不論他們如何老練自己，終究掩藏不住內心的惶急與靦覥，不知道自己是這裡的主

人，還是一時的過客？不知道這樣的美麗是鄭愁予的錯誤，還是余光中的五行無阻？

國一的新生初到國中，高一的新生剛剛踏進高中學府，不都是這樣嗎？

記得自己上國小的時候，低年級、中年級、高年級，心情沒有什麼差異，因為一直都是快樂的學生，家裡與學校的距離只有三百公尺，課間操時還可以跑回家喊一聲「阿嬤」，喝幾口退火的仙草，再跑回學校喘息，老師也無法察覺仙草在我體內所產生的魔力！

上了初級中學一切都改了樣，一聲拖拉著七秒那麼長的「立正——」，讓我們動也不敢動，說什麼泰山崩於前，臉色不可有所改變，麋鹿戲於側，眼睛瞄也不能瞄一下。天啊！一個才十三歲的孩子看見狗狗能夠不逗弄牠嗎？更何況是只有聖誕節才在卡片上出現的麋鹿，就在你的左側逗留？那一年（民國四十八年）颱風帶來八七水災，八卦山的土石流第一次衝進我們家的客廳，我嚇得站上長長的「椅條」才勉強維持大哥的威嚴，吆喝著弟弟「哭什麼，趕快爬上來呀！」真的無法想像如果泰山崩塌，十三歲的我如何保持臉色依然是龍眼殼的這種土黃，而不是空心菜的那種慘綠？好在，那時我的地理、歷史背得不錯，泰山在遙遠的山東震撼不了我，即使崩塌，嚇倒的是正在祭天的皇帝（想起那種情景反而覺得好笑），應該嚇不到海峽這一邊的台灣人。可是，老師說：「立正時，要泰山崩於前而色不變，麋鹿戲於側而目不瞬。」我只好直挺挺地把自己站成一根旗桿，卻不敢飄著自己內心裡那一面淡藍色憂傷的旗幟。

初一的導師何乃斌出身憲兵隊，帶兵嚴厲，帶領我們這群蘿蔔頭還處在「軍政時期」，立正就是立正，稍息就是稍息，不可有一絲懈怠疏忽之行為，否則，他會將打掃用具立刻轉換成刑具，高高舉起，戲劇舞台上「肅靜」、「威武」的形象和聲音，自然在他臉上播映。我們無法預期手臂粗的掃帚柄，經過憲兵隊長的橫掃，落在我們稚嫩的屁股上，會有什麼樣的花綻放！——其實，我們也沒有經歷過真正掃帚柄揮舞後的威力，何老師的架勢、二頭肌、威嚴的臉、高高舉著的竹掃把，威嚇力十足，落下去時卻自有他的斟酌。

在那種雷霆萬鈞的威權教育下，其實，老師還是老師，在我們全家只用手指頭和鹽巴刷牙，而後進步到全家共用一支牙刷、沾牙粉刷牙的貧瘠、落伍時代，何老師在講桌上準備了臉盆、牙刷、牙膏、漱口杯，示範如何刷牙。當他滿口牙膏泡泡，右手邊刷著牙，上下唇舌邊說著話，那種滑稽的模樣，卻是我心目中作為老師應該付出的生活關懷與實踐行動的最好範本。

老師有時會叫我到他的宿舍去，幫他打掃兩、三坪大的單身房，一張床、一張書桌、幾架書櫃，整理得有條不紊，我要整理什麼呢？一張床、一張書桌、幾架書櫃，已經占用許多面積，一支小掃把揮個兩三分鐘就完成了，他把鑰匙交給我，徑自上別班的課去了。他說：書櫃裡的書可以隨意拿來看，床鋪下的黑松沙士（小瓶玻璃罐）想喝就開來喝。有時指定我背幾首唐詩、宋詞才能離開。在書與沙士的誘惑下，初一以後的我著實看了許多古文、古詩、章回小說。書與沙士卻也因此成為我思念何老師的媒介。從小我的零用錢就是幾天才有個一毛、兩毛而已，根本喝不起罐裝汽水，因此這輩子沒有養成喝碳酸飲料的習慣，現在偶爾買個飲料解渴，不是維他露、就是黑松沙士，喝維他露是因為小時候爸爸好不容易買了一瓶犒賞我們，他會分倒幾個小杯子全家分享，這樣的美好經驗成為我選擇飲料的憑藉；喝黑松沙士當然是受何老師的喜好所影響，一日為師，終身為父，竟然應驗在我的飲食習慣裡。

這樣的老師形象，其實也影響了日後我的行事準則。雖然在我教書的時代，「軍政時期」、「訓政時期」都已成了過去式，但顯然並未完全走入歷史，很多老師依然保留「軍政時期」的體罰制度或思想，認為玉不琢不成器，認為肉體的疼痛可以導引心理走向正軌；或者停留在「訓政時期」，將口頭的訓斥視為教學最佳的利器，故意忽略「訓導處」已經改為「學生事務處」，心理的輔導應該取代言行的糾察訓斥。每次想起何老師，仔細想想何老師的軍人出身，嚴厲要求，卻又合乎教育的本質，教育的「憲政時期」已在他的日常作為中呈現，學生才是教育的主體，他一直站在學生的立場思考問題，以身教、境教無形中影響著學生。——這「憲政時期」的「憲」，竟真的是憲法的憲，不是憲兵的憲。

回頭看看自己，這一群在明道草原漫步的學生，有一些是經由我甄試進來的，他們的學長姐總是問我：「為什麼每次甄試，老師你都會問一些奇怪的問題？」

「什麼問題奇怪？」

「好比說：壁虎與蜥蜴有什麼不同？」

「好比說：鰲峰在哪裡？」

「好比說：你願意當五根手指頭的哪一根？為什麼？」

「這教人家怎麼回答啊？」

其實他們不知道，我是閱讀過學生提供的資料，以他們已經研究過的題目加以追問的，如果他們是真材實料徹底尋找過，正可以藉這個機會發揮所長。

被我問到壁虎與蜥蜴問題的學生，是因為他寫過蜥蜴小論文，當然要問他壁虎與蜥蜴有什麼不同？大甲溪以南的壁虎與北部的壁虎有什麼差異？我甚至於延伸到想像力的發揮：如果將一隻會叫的壁虎送往台北，牠還會叫嗎？學文學的人不是要有一些想像力嗎？

被問到鰲峰在哪裡的學生，因為她是清水高中畢業的，當然應該對清水地區的歷史、人文、景觀、名產有所了解，我讓她當三分鐘的導遊，她可以驕傲地介紹自己的家鄉啊！如果是台南仁德來的學生，當然要他介紹奇美博物館、十鼓文化園區，問問他「車路墘」是什麼意思。「車路墘」是什麼意思，對於台南以外的人恐怕就是刁難的題目了，對於仁德來的學生，卻可以一五一十說清來由哩！

至於五根手指頭的區辨不是文學上的「擬人化」問題嗎？喜歡文學的人都應該可以說出一番道理吧！

作為一個老師，我們努力做的，或許就是帶領學生找到他自己，而不是將他塑造成自己的模樣。壁虎與蜥蜴之間，食指與無名指之間，學生的天地學生自己可以闖蕩的非常寬廣，不論是感性的美麗的錯誤，還是知性的五行的無可阻礙。

你是荷，是蓮，亭亭玉立
永遠指著朗朗的雲天
期許我比家的煉乳與蜂蜜
你勝過唐詩，宋詞
永遠可以朗誦的一首新詩
隨時吟隨時誦隨時在心中
升起

錄〈荷〉之一節

[illegible]
2010.8.8.

火星文與簡體字的浪潮

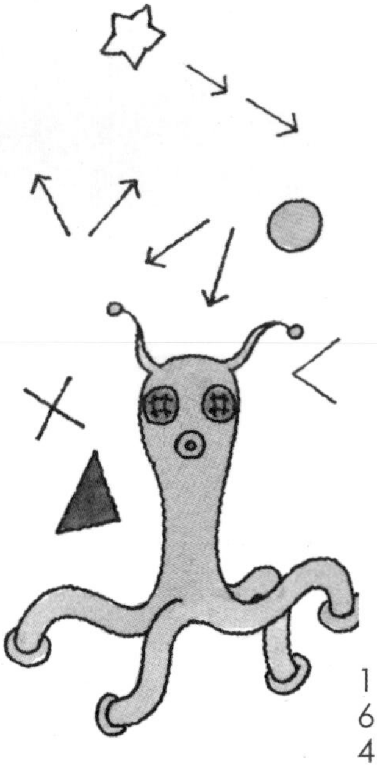

語言文字的主要功能是在傳情達意，能夠傳情達意，語文就完成了他的功能。「辭達而已」就是這個意思。

「傳情達意」的兩端至少有兩個主體，這兩個主體必須有可以相互溝通、相互領會的媒介（面部表情、肢體動作、圖畫符號、語言、文字等），這種媒介的形成與認可，靠的是「約定俗成」的自然力，如世界各地都以頷首、點頭表示同意，搖頭表示否決，印度人卻是將頭從正面轉向右側表示讚許、認同，如果微閉著雙眼，又加深了心中的誠摯之意。如果不能領會這種肢體意涵，一樁可以成交的生意就平白失去了。

二十世紀五〇年代台灣農村有人寄放各種藥包在每戶家庭中，以備不時之需，有一種藥包上面畫著一隻蝦、一隻龜、一枝掃帚，不識字的村民農婦都知道這是治咳嗽的藥，「蝦、龜、掃」三物正諧音為台語的「嗄龜嗽」，寄藥主與用藥人都能領會這層意思，「傳情達意」的功能就達成了。現代人在「我你」之間畫一顆心，大家都知道這表示「我愛你」，「傳情達意」的功能靠著圖畫也達成了。

市場上賣七里香的小販，以醬油刷子刷著你選的雞屁股，隨口問你：「你的屁股要不要塗辣椒？」你一定簡要回答「好」或「不好」，不會一本正經地糾正他：「雞屁股要塗辣椒，我的屁股不要塗辣椒。」語言簡潔表達即可，能夠傳達意思最為重要。

以這樣的背景來看火星文的出現，合情、合理、合乎時代的需求，因為火星文是在兩個人藉著電腦傳訊，玩線上遊戲，以打字方式來聊天時才出現的，這時，打字的速度跟不上語言，語言的速度跟不上思想，在時間壓力下，「我的書」會變成「我ㄉ書」，「謝謝」（Thank you）會簡化為「3Q」；兩人會談時會有撒嬌、裝可愛的時候：「偶就素303030」，我們能說不對嗎？朋友對話會相互逗趣、鬥智慧，你的台語脫口而出：「AKS」（會氣死），他就可能用日語說：「扛八袋」；他會畫出緊張的樣子：(*_*)；你怎能不對他眨眨眼：(*_>)。火星文也就因此越燒越旺，蔓延越廣。

唐朝柳宗元被貶的永州之野，湖南西南邊陲的江永縣城，女性之間流傳一種形體獨特，自成系統的「女書」，有時借用漢字加以變造，有時倒寫、反寫漢字以成形，有時吸收民間圖案增強圖畫性，男性無由辨識。這些「女書」寫在或繡在紙片、布面、扇面、錦帶上，流傳下來的雖然不多，卻已成為文字學、人類學、社會學的專家們研究的對象。今日台灣青少年的火星文，其實也值得心理學者、社會學者、輔導專家、文學工作者加以研究，有助於了解青少年同儕心理，了解今日的社會，未來的台灣。

至少，就語文導正而言，可以順勢告訴他們正確而標準的語文用法，比對二者的異同或優劣，甚至於指出「傳情達意」兩端的主體都必須熟悉相同的媒介才有傳達的可能，因此，寫作時，將來閱讀這篇文章的對象是不確定的人，極不適合使用這一類型的語言。或者，以研究文字學的方法，跟學生一起分類探討，火星文的創造，到底使用六書「象形、指事、會意、形聲、轉注、假借」哪幾種？——能這樣面對問題，才可能解決問題，最後必可以放下問題。

更積極的話，以寫作引導的方式，其實可以藉由火星文的觀察與研究，讓學生延伸舊有的火星文，創造新式的火星文，挑戰不可能，刺激想像力。如以最火紅的Orz來說，可以翻譯為「佩服得五體投地」之外，還可以翻譯成什麼恰當的句子？「真是敗給你了」如何？「輸了輸了輸得沒話說」如何？Orz有人發展為Or2，顯現屁股高聳；有人發展出●rz，顯現頭髮之黑年紀之輕，或滿臉漲紅的樣子；有人改寫為Om，又有嬰兒爬行的可愛模樣。若是，我們還可以繼續發展出什麼新的可能？

如果熟悉台灣圖像詩的裝置技巧，我們會發現同樣是「！」，詹冰用來形象「牛的尾毛」：「等待等待再等待！」（〈水牛圖〉）。唐捐用來等同於「浮標」：

「星用眼神逼向你！

你把淚水餵給魚！」（〈夜釣〉）

同樣是「●」，林亨泰用來形容越來越快的車子：「車・車●車 ●」（〈車禍〉）。陳黎則用來形象「販賣機」的按鍵：

請選擇按鍵

母奶　●冷　●熱
浮雲　●大包　●中包　●小包
棉花糖　●即溶型　●持久型　●纏綿型
白日夢　●罐裝　●瓶裝　●鋁箔裝

林亨泰稱圖象詩為「符號詩」，他的詩作大量引進符號：以「＋－」顯示「正極負極」，以「★」代表「星」，以「←←」代表「光的速度」，以「◣」代表「三角旗」，以「～～～」代表「波浪」，以「↖↗↙↘」代表

「碎裂」，以「×」代表「籬笆」，以「○」表示「花」，以「>」表示「擴胸體操」，是藉助符碼最多的圖象詩作者，恐怕也是火星文最早的創造者。

我們不鼓勵孩子寫作火星文，但何妨藉由他所熟悉的事物導向正確的激發想像力的寫作練習。

面對火星文，我們勇於這樣面對問題，解決問題；面對簡體字，其實也要這樣面對問題、解決問題，最後必可消除問題。

簡體字是五〇年代中國大陸為解決數量龐大的文盲教育而實施的必要措施，今日台灣沒有文盲問題，簡體字當然沒有存在於台灣的必要。簡體字據說可以減少書寫的時間，今日台灣電腦普及，敲兩三下鍵盤就可以輸出一個正體字，如有必要，按幾下符碼，正體、簡體也可以互換，所謂減少書寫時間的問題，根本不存在了。至於兩岸經貿、文化來往頻繁，不認識簡體字無法溝通，其實只要一小冊對照表就可解決問題，何況上下文意稍加揣摩，不難悟知。重要的是，熟悉正體字，極易認識簡體字，因為簡體字是由正體字簡省而來，但只熟悉簡體字的人，想要辨識正體字卻會遇到困難。教學、考試，堅持正體字為範式，是完全正確的選擇。青少年在面對個別的正體字與簡體字相比對的喜歡度，仍然傾向正體字，因此，仔細說解重要正體字的結構、文化承載內涵、使用寬度，是維繫正體字命脈最有力的方法，也是文史老師責無旁貸的使命。

台灣政局，藍綠喜歡對抗，大至國族認同，小至「蚵」字怎麼注音，無不雷聲大、雨聲大，紛爭不斷。可慶幸的，唯獨在正體字的推廣上沒有異議，沒有雜音，何不從這個最基本的基礎上共同努力。要知道，文字是文化最重要的載體，文化是民族最重要的象徵，文字的力量，不可小忽。

枯葉飄落時

蕭蕭

葉子落下時
他們以為撼搖了世界的體重
雲隨風湧動
我隨地球旋走
我隨著你嫉妒成哭聲
枯葉飄零，不斷的飛
世界失去了他應有的平衡

二〇一七年六月八日下午寫於金勝

玫瑰與日日春

如果能夠自我選擇，玫瑰與日日春你願意是那一種花卉？

這麼單純的一問，大多數的人會輕快地做出決定：

我是玫瑰。

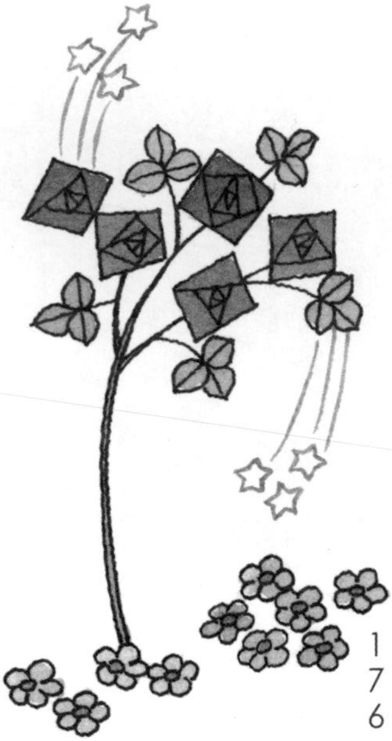

或者：

我要日日春。

作選擇的人這時候如果有著自己的自由意志，那是可以直透內心的一種問答，有著古代禪宗的機鋒性質，或者傾向近代心理學的性向測驗。所以，最好是不經判斷，直覺反應，最為靈驗。

如果是你，你的輕快決定是什麼？玫瑰或者日日春？

當然，你也可以沉思很久，然後沉重地回答：我什麼都不是。我只是枯枝。

就像到了永和豆漿店，老闆問你：要加一個蛋，還是兩個蛋？你是可以選擇「不加蛋」的。——這是一種防衛性的理性，不容易被東森購物台的三言兩語所惑，買了一些自己並不需要的物品。

其實我們是有很多第三條路可走的，不一定是玫瑰或者日日春時，我們的路寬廣多了！枯枝，敗草，頑石，清風，流螢，煙火……要自己是什麼，就可以是什麼。是什麼，就什麼，而且不需要去否定另一方的存在！

色盤的色別越多，繪畫就越美麗。

植物園的種類屬目越複雜，我們可觀察的項目就越精采。

將自己僵斃在死胡同裡的人是非常可憐的！

今年我參加大學入學考試的閱卷工作，其中有一題引用杏林子的〈現代寓言〉：

玫瑰說：我只有在春天開花！

日日春說：我開花的每一天都是春天。

要求學生先依對話內容的象徵意涵，闡釋玫瑰與日日春分別抱持哪一種處世態度，再依據自己提出的闡釋，就玫瑰與日日春擇一「表述」學生較認同的態度，並說明原因。

在這樣的暗示下，百分之九十五以上的學生都認同日日春，出題老師與杏林子有著相近的想法，都希望學生能以樂觀的態度面對人生，學生也都看出了這種傾向，也選擇了對自己有利的方向，尤其是在考場上。但出題老師並未設定「日日春」是標準答案，提供杏林子的〈現代寓言〉只是一種導引，結果一面倒向日日春！導引、暗示的作用，竟是這樣巨大！

如果沒有杏林子這段話，你願意是玫瑰還是日日春？

有學生說：一朵嬌豔的玫瑰勝過一千株平凡的日日春。不是嗎？詩人白靈也說：「養鴿子三千，不如擁老鷹一隻。」（〈不如歌〉詩句）。不信，情人節那天送一千朵日日春給他（她），結果絕對不是日日春。

不過，情人節送玫瑰，其實又是另一種被社會、或者說商人所制約的行為，嘗試著不送玫瑰，改送玫瑰以外的任何花卉；或者不送花卉，改送花卉以外的任何詩集；或者不送詩集，改送詩集以外的任何東西；或者，啥都不送。——那才是白靈心中的老鷹啊！

可是，說不定白靈說：「為什麼要是我心中的老鷹？」說不定他又要你在「坐等升溫的露珠」與「捲熱而逃的淚水」之間作一選擇哩！

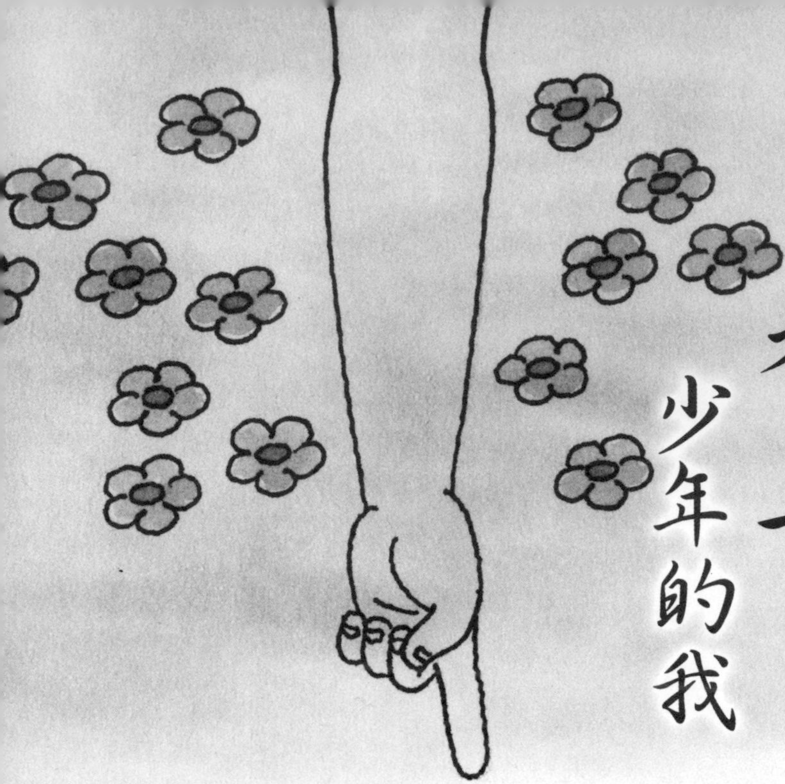

卷三

少年的我

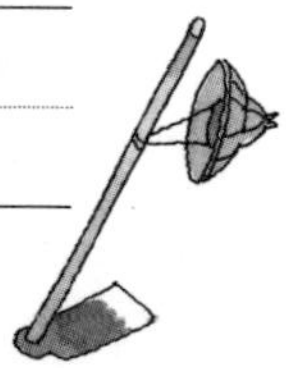

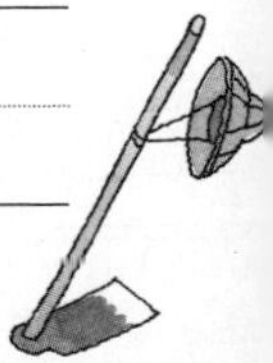

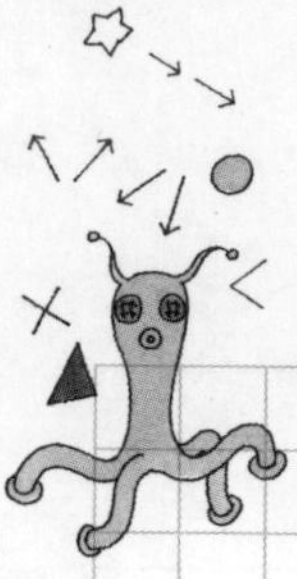

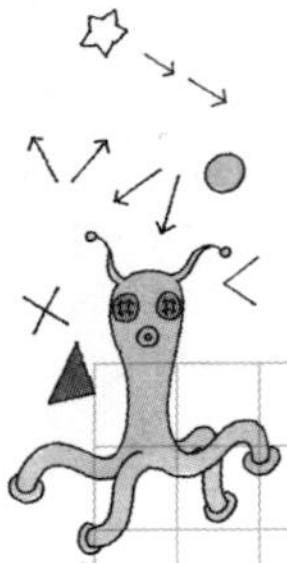

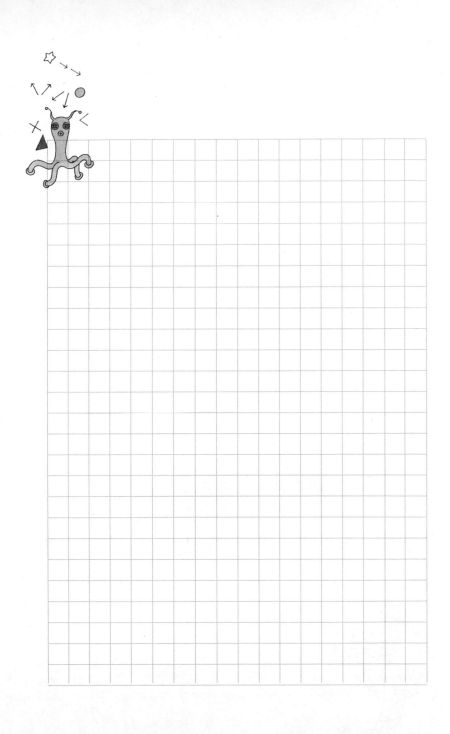

國家圖書館出版品預行編目資料

少年蕭蕭／蕭蕭著. 洪義男圖.
-- 初版. -- 台北市： 幼獅,
2010.11 面； 公分. --（智慧文庫）

ISBN 978-957-574-789-3（平裝）

859.7 99017642

・智慧文庫・

少年蕭蕭

著　　者＝蕭　蕭
繪　　圖＝洪義男
出 版 者＝幼獅文化事業股份有限公司
發 行 人＝李鍾桂
總 經 理＝廖翰聲
總 編 輯＝劉淑華
主　　編＝林泊瑜
美術編輯＝李祥銘
總 公 司＝(10045)台北市重慶南路1段66-1號3樓
電　　話＝(02)2311-2836
傳　　真＝(02)2311-5368
郵政劃撥＝00033368

門市
・松江展示中心：(10422)台北市松江路219號
電話：(02)2502-5858轉734 傳真：(02)2503-6601
・苗栗育達店：36143苗栗縣造橋鄉談文村學府路168號（育達商業科技大學內）
電話：(037)652-191 傳真：(037)652-251

印　刷＝崇寶彩藝印刷股份有限公司
定　價＝200元
港　幣＝67元
初　版＝2010.10
書　號＝986234

幼獅樂讀網
http://www.youth.com.tw
e-mail:customer@youth.com.tw

行政院新聞局核准登記證局版台業字第0143號

幼獅文化公司／讀者服務卡／

感謝您購買幼獅公司出版的好書！
為提升服務品質與出版更優質的圖書，敬請撥冗填寫後（免貼郵票）擲寄本公司，或傳真（傳真電話02-23115368），我們將參考您的意見、分享您的觀點，出版更多的好書。並不定期提供您相關書訊、活動、特惠專案等。謝謝！

基本資料

姓名：________________先生／小姐

婚姻狀況：□已婚 □未婚　職業：□學生 □公教 □上班族 □家管 □其他

出生：民國________年________月________日

電話：（公）________（宅）________（手機）________

e-mail：________________

聯絡地址：________________

1.您所購買的書名：**少年蕭蕭**

2.您通常以何種方式購書?：□1.書店買書 □2.網路購書 □3.傳真訂購 □4.郵局劃撥
（可複選）□5.幼獅門市 □6.團體訂購 □7.其他

3.您是否曾買過幼獅其他出版品：□是，□1.圖書 □2.幼獅文藝 □3.幼獅少年
□否

4.您從何處得知本書訊息：□1.師長介紹 □2.朋友介紹 □3.幼獅少年雜誌
（可複選）□4.幼獅文藝雜誌 □5.報章雜誌書評介紹________報
□6.DM傳單、海報 □7.書店 □8.廣播(　　　　)
□9.電子報、edm □10.其他________

5.您喜歡本書的原因：□1.作者 □2.書名 □3.內容 □4.封面設計 □5.其他

6.您不喜歡本書的原因：□1.作者 □2.書名 □3.內容 □4.封面設計 □5.其他

7.您希望得知的出版訊息：□1.青少年讀物 □2.兒童讀物 □3.親子叢書
□4.教師充電系列 □5.其他

8.您覺得本書的價格：□1.偏高 □2.合理 □3.偏低

9.讀完本書後您覺得：□1.很有收穫 □2.有收穫 □3.收穫不多 □4.沒收穫

10.敬請推薦親友，共同加入我們的閱讀計畫，我們將適時寄送相關書訊，以豐富書香與心靈的空間：

(1)姓名________e-mail________電話________

(2)姓名________e-mail________電話________

(3)姓名________e-mail________電話________

11.您對本書或本公司的建議：

廣 告 回 信
台北郵局登記證
台北廣字第942號

請直接投郵 免貼郵票

10045 台北市重慶南路一段66-1號3樓

幼獅文化事業股份有限公司

請沿虛線對折寄回

客服專線：02-23112836分機208 傳真：02-23115368

e-mail：customer@youth.com.tw

幼獅樂讀網http：//www.youth.com.tw